悪女の系譜

宇地原 琉児
UCHIHARA Ryuji

文芸社

1

末の妹から「家族会議」を開くのできょうだい全員、実家に集まってほしいとの連絡が来た。

きょうだいとは長女「絹」、次女「道子」、長男「秀樹」、次男である俺「竹友」、三女「美代子」、そして発起人である末っ子の四女「多恵」の六人だ。

長姉の絹が、四十代・五十代の他のきょうだいと二十歳以上年が離れているのは、絹が他界した明治生まれの父の連れ子だからだ。絹は俺たちの母よりも年上で、次姉の道子は母の連れ子だ。

多恵の呼びかけによる家族会議の内容はとんでもないものだった。父の死後、自分は大した財産を貰っていない、生活保護の申請に行ったらきょうだいが財産を持っているとの理由で断られた、と前置きしてから「ついては、七百万円余の借金があるので、道子、秀樹、竹友、美代子の四人にこれを完済してもらったうえで、一人月々二十万円の援助をしてほしい」との要求だった。

なぜ俺たち四人が、多恵の借金の肩代わりと援助をしなければならないのか。多恵の考えは理解しがたい。ただ、絹を外したことについては理解できる。

絹は、脳卒中が原因で寝たきりになり、跡取りが産めなくなったため、親戚ぐるみで離縁させられた母（父の前妻）の、数十年に及ぶ看病のため嫁にも行かず、間借りの一室で母娘は暮らしてきた。母の他界後は、ぎりぎり食べていけるだけの財産しか与えられていなかったからだ。

久々に会う多恵は以前とは様変わりするほど肥えていた。どこで入手したのか遺言書（公正証書）の写しも持ってきており、俺らに突き付けてきた。

四人ともこの要求を断ったところ、二か月後に家庭裁判所から「遺留分減殺請求」なる分厚い書類が配達証明郵便で送付されてきた。

多恵夫婦の借金はこれが初めてではない。父が存命中にも二度あった。一度目の借金は父が全額返済している。二度目の借金三百五十万円について父は激怒していたが、俺と兄秀樹の二人で説得し、父、俺、秀樹、多恵の義姉、義妹の五人で七十万円ずつ出し合い返済してあげた。

その際に借用証だけでなく、「無理のないように月々二万円ずつ返済すること、今後親兄弟はじめ誰にも迷惑をかけないこと、これに反した場合、今後一切援助しない。そのことに対していかなる権利主張もせず抗弁もしない」旨の「確約書」も取った。

ところがこの確約が一つも守られることがないまま、「調停」を突き付けてきたのである。借金返済以前、父からの援助を受けながらも、多恵夫婦のだらしない生活態度から、二人の娘はこのままでは学校へも行けずだめになると危惧し、俺は里親として娘たちを引き取りたいと申し出たことがある。しかし生活保護が受けられなくなるからと断られた。

これまでも、俺と秀樹は多恵夫婦の次女のでき物の手術費と入院代を出したり、多恵の長女の大学入学金と前期分の学費も援助したりした。


多恵は真面目に働こうとはせず、首が回らなくなったら俺や秀樹にリセットしてもらえると高を括っている。更生を望めない以上、多恵の要求を呑むわけにはいかない。俺も秀樹も、多恵の遺留分は侵害していない。侵害しているのは道子だけである。皮肉にも多恵が持っていた公正証書の写しでこのことを知ったし、公正証書の存在を知っていたのは道子だけだ。父の死後、ひた隠しにしていたのだ。

いずれにしても多恵が弁護士を立てて、俺と秀樹までも調停に指名してきている以上、油断はできない。想定外のこともあるかもしれないが、俺は徹底的に闘うことを決意した。

俺の決意は母の勝手な行動で水を差された。

「明日、親戚を呼んでいるので、実家に来てほしい」と母から連絡が来たのだ。調停は決まっているのに、今さら親戚を集めてどうしようというのか。事前に相談もない。

当日出席したのは俺、母、絹、道子、そして養護老人施設「白百合苑」の理事をしている父方の従兄弟の祐輔、祐輔の甥にあたる至昭の六人である。

道子と常に行動を共にしている美代子は来ていない。道子が知らせていないフシがある。秀樹は幼少の頃から病弱で、持病があり、体調が芳しくなくて来ていないのだろう。

先ず、祐輔さんが多恵と会って借金が実際のところどれだけあるのか、本当の要求は何か、要求を満たした先にどのような展望を持っているか確認するので、後日これを参考にしてどう対処していくかは、あなたがた家族で考えるようにとの提言があった。ただ、「兄弟間で訴訟というのはいかがなものか、穏便に解決できないものか」と言うが、俺だって裁判所に行くのは嫌なのだが、牙を剝いてきているのは多恵の方である。こちらからはどうすることもできない。ところが、道子から「多恵たちへの制裁はすでに済んでいる」との発言があり、援助したい意向が窺える。何か弱みでも握られているのか。

　道子はこれまで多恵たちに一番援助してきたのは自分だと親戚にアピールするが、それはすべて父が援助してきた金だ。高齢の父の使いとして多恵に金を手渡しに行っていただけである。これまで働いて稼いだことのない道子がどうやって援助できるというのだ。事実ではないのに母は道子にことごとく同調し後押しする。

　親戚の二人が帰ってから、母と道子には「人を頼ることは今回限り、その後は自分たちで解決する方向で、決して誰の手も煩わせないこと」を強く念押しした。

　続けて、今後について話をしようとしたが、道子が町とトラブルになっている収用地に関する愚痴を延々と喋り出して話し合いにならず、道子がこれまで隠してきた公正証書を請求してその日は解散した。

　父がどれだけの財産を有していたのか俺は知らない。俺と兄の男兄弟は数筆の生前贈与を受けている。だから土地についてはそれほど残っていないだろうと思っていた。

　父は相続に備える話や、節税のため財産について俺が訊くと「死ぬのを待っているのか」と激怒し、何も教えてくれなかった。兄も同様だったろう。すべての財産を把握しているのは、ずっと実家に寄生している道子だけだ。実の子はいつまでも子ども扱いだが、むしろ他人である道子は大人に見えていたのかもしれない。

父が他界し、道子と美代子もいくらか財産を相続しているのは何となく知っていた。それはそれでよかったと思っていた。

父が健在のときから来るべき相続に備えるため、俺には確定申告の度に使ってきた信頼のおける税理士事務所がある。二十年来の付き合いだ。父が他界した際にそのことを道子に告げたところ、父が生前に指定した税理士がいて、すでに各々の相続税額は出ていると言われ、後日「相続税の計算結果検討表」という、相続人と金額だけが記載されたペラを渡された。

それによると道子の相続税額が五千万円、俺が三千万円、美代子が一千万円で、母と、生前贈与のある兄は相続財産が無いため〇円となっている。

父がこんなに妙なことをするだろうかと違和感を抱いた。戸籍上道子は父の子として認知されているが、本来父とは「他人」だ。

明治生まれの父は考えが旧く、生前「財産は男にしかやらない」と口にしていた。俺と兄の秀樹は「女きょうだいにも、せめて食べていけるだけのものは分けてやってほしい」と進言しては叱責されていた。そのやり取りを道子は横で見聞きしていた。

道子にはその後電話で幾度となく「公正証書」を請求したが応じない。道子は話の中で、父から「お前（道子）と美代子は今後結婚する見込みもないから、いずれ前田家に財産を戻す約束で、生活に困らないだけのものを譲る」と言われたらしい。

ところが秀樹によると、以前に道子から電話があり、「ウチが所有している民有地を買わないか、買わないならよそに売る」と言ってきたらしく、それを知っていた俺は、父との約束についての矛盾を突いたら、「実は公正証書はもうひとつある」などと話が二転三転し、果ては「なぜ人の財産を知りたがるのか」と憤慨する。


父の直腸に癌が見つかり、医師は「今なら癌を切除し、人工肛門にすれば寿命を全うできる」と断言した。しかし父は、こんなみっともないものを装着するくらいなら、死んだ方がましだと嫌がっていた。俺と兄は父のために懸命に説得して、父もいったんは同意した。

ところが手術の日程も決まって数日経ってから、道子が「手術しないで治せる名医を見つけてきた」と言って半ば強引に父を退院させてしまった。

「公正証書」はその日から転院までの間に作成されていることを後で知った。人工肛門を付けなくて済んだ父は「お前たちに恥をかかされるところだった」と、俺と兄は憎々しげに言われた。

　俺と兄は忙しさにかまけてしまっていて、父の信頼を得るための道子の策略に気づかなかった。迂闊だった。その名医は、カルテを見ず患者本人も診ていないのに、手術は不要だと言えるわけがなく、父にとっては無意味な転院だった。

　結局父は転院先で人工肛門を装着することになったが、癌を切除するには手遅れの状態になっており、ここから父、俺、兄の生き地獄が始まった。

　道子は「ウチと美代子が昼間父ちゃんを看るから、夜はあんたたちが看て」と勝手に決めていた。しかも人工肛門装着の手術後、実家の近くの総合病院に父を転院させた。

「父ちゃんの負担になるから、見舞いたいっていう人がいたら必ずウチを通して」と、しきりに道子は俺らに言っていた。親戚や父の知人は年寄りがほとんどで、遠隔地の病院だと中々見舞いに行けない。だから道子は実家近くに転院させたのだ。昼間来る見舞客に、自分だけがかいがいしく父を看護しているとアピールするために。そういうことにも気づけなかった。

　秀樹はその頃、持病が悪化し、主治医から普通に立っているだけでも凄いことと言われていた。そんな状態で夜通し父の看護をしていた。

俺はと言えば、当時仕事が多忙を極めていたうえに、部下が起こした業務上のトラブルも重なり、その報告書を毎日役員に提出しなければならなかった。そうした中、夜は父の看護で道子たちが来る朝まで、徹夜を強いられた。

人工肛門の手術が遅れたため父は、癌細胞から滲出してくる液で数分ごとに便意を催すらしく、その度にオマルへの介護とその処理、定期的なストーマ（パウチ）の交換、そしてリンパ液の滞りでむくむ手足の関節を夜通しマッサージしなければならなかった。

俺も秀樹も憔悴し切っていたが、とうとう秀樹の方が音を上げ、ある日道子に「毎日じゃなくていいから、夜間はヘルパーを付けてほしい」と訴えていた。道子は「肉親以外の人に看られるのを父ちゃんは嫌がっている。恥をかくのを何より嫌うのはあんたもよく分かっているでしょう」と断っていた。

道子は相手より少しでも立場が上だと、僅かなミスも許さず、今回の多恵とのこと以外にもいくつかのトラブルを抱えている。一見筋の通ったような理屈をこね、常に自分は正しい、と相手を辟易とさせるほどの長広舌を垂れる。俺から自家撞着を指摘されると「ウチなんか頭悪いさーねー」の一言で、これが「免罪符」になると思い込んでいる。

道子は三歳で前田家に来た。猜疑心が強く、人の善意、好意を「悪意」としか受け止めない。父が健在の頃、道子が「ウチは結婚を諦めたわけではない、良い人がいたら紹介して」と俺に頼んできたことがあった。俺は研修で知り合った管理職の地位にある先輩を紹介すると約束した。

後日、父がえらい剣幕で「お前はろくでもない者と道子をくっつけて、財産を狙っているらしいな」と怒鳴り込んできた。明治の人間に、株主がいてしっかりとした労働組合を有する会社で魯鈍な人間を管理職にできるわけがない、と説明しても通用するとは思えなかったし、短気でもあるから簡潔に「俺と義兄弟になるかもしれないのに馬鹿者を紹介するわけがない」と言ったら、「ならいい」と渋々納得した様子だったが、俺に対する不信感はそのときから抱いただろうし、道子の計画はまさにこのときから始まっていたのだ。

多恵は目の前の餌が欲しいだけだ。だが道子は違う。警戒すべきは道子だ。

2

いつまでたっても「公正証書」を渡さない道子に業を煮やした俺は、公証人役場まで赴いて「公正証書」を取得してきた。

内容は道子が米軍用地五筆と民有地四筆を相続し、その内一筆は実家の土地で、その上の家屋は秀樹の名義である。そして各金融機関の預貯金の全部を道子が相続している。金額が明記されているのは計千三百七十万円余だが、金融機関名のみの記載で金額が明記されていないものが多数ある。

そして美代子が米軍用地八筆と民有地一筆を相続し、前田家の財産の大半をこの二人で独占している。相続した土地面積は美代子よりも道子の方が圧倒的に大きい。

兄は生前贈与があるので、相続財産はなし。俺は（帰郷してから生前贈与された米軍用地二筆と）相続財産として、自宅の土地（父からの使用貸借）と近くにある民有地一筆を相続したが、俺の自宅周囲の六百坪近い土地は道子の名義になっている。

短気な父は、「人工肛門装着」の件や、俺が前田家の財産を狙っているといった道子の作り話の経緯などから、怒りに任せて独身女二人に財産のほとんどを相続させている。道子は父に、実の息子たちへの不信感と憎悪を抱かせたまま他界させたのだ。このことが最も許せない。

本来であれば母が半分を相続すべきだが、父は母を信用していない。母が財産を手にすると友達に大盤振る舞いしただろうし、要求されるがまま、多恵や自分の親戚に土地も現金も渡しただろうからだ。道子の入れ知恵もあったのかもしれない。

母は安直な人間だ。我慢ということができず、物事をすぐに諦める。一方で、一見気が弱そうだが実は恐ろしく我が強い。相手の気が弱く付け入る隙があれば、何でも自分の思い通りにしようとする。

母は、俺にとっては毒親以外の何者でもない。俺は母にずっと「うちは貧乏だから」と幼い頃から呪詛のように言い聞かされてきた。お年玉は中学一年までずっと没収されてきた。

小学校に上がるまでは父にねだって、他のきょうだいと共に十円を貰うこともあったが、俺はこれを使うことなく仏壇の一番上の抽斗にずっと貯めていた。貧乏だとの危機感と不安感を母に植え付けられていたからだ。

小銭がかなり溜まったある日、ごっそり無くなっていた。その金は母を通じて、道子に渡っていたとしか思えない。俺たちきょうだいは皆一足しか靴を持っていないのに道子は常に三、四足持っていたからだ。小遣いのない俺は、その靴を道子から三十円とか七十円を貰って洗っていた。それが俺の収入源だった。

お年玉についても、他のきょうだいは満額を好きなように使っていた。母に「どうして俺だけ」と問うたら、「お前は我慢できるから」との返答だった。怒りが湧き、中学二年のときに母から拇印による「借用証」を取った。この借用証を見つけ出すために、母は道子と二人であちらこちらを漁りまくったようだ。

もとよりプライベートなどない。俺の服の入った簞笥の引き出しの奥から、俺が生まれて初めて貰った、女子からのチョコレートと手編みのマフラーをこの二人は発見し、俺が学校から帰ってくるのを待ち構えて、それを目の前に掲げて「ヒヒヒ」と下卑た笑いをしてきた。殺意すら覚えた。

父は「勉強しろ」と言う以外、子育てには無関心で、母は俺らの面倒は絶対権力者であった道子に丸投げだった。俺と秀樹が小学校も高学年になると、力で勝てなくなった道子の攻撃は「言葉による暴力」に変わった。決して逃げ道を作らない、容赦ないものだった。

公正証書の終盤に「特に道子には薄情なきょうだいたちに代わり、母の面倒を最後まで見るように。これが財産を与える遺言の主旨である」と書かれている。この「公正証書」には前田家の関係者は一人も関わっていない。母方の義妹とその夫の同僚である「他人」が証人として署名している。何があったのだろう。

鬱陶しい調停に臨まねばならぬが、やはり敵は浅ましい多恵ではなく、道子と母、そして道子に洗脳された美代子だ。少し気になったのは、この独身の女たちに譲った莫大な財産が彼女らの死後どう取り扱うかについて何も言及されていないことだ。

俺には子供が三人いるし、兄の秀樹は五人、多恵にも娘が二人いるのだ。それなのに財産のほとんどを独身女二人が相続している。客観的に見てあり得ない。死期の近づいた高齢の父の精神状態はまともではなかったかもしれないが、それ以上に何かがあったとしか思えない。

3

「調停」に対処すべく、俺は「弁護士法人おもいやり法律事務所」の女性弁護士、島崎先生に頼った。俺の勤める会社が不動産も多く扱う仕事柄、反社会的な団体が絡むことがあり、会社が顧問弁護士として使っていた事務所から独立した先生だ。「天は二物を与えず」というが、島崎先生は弁護士でもあり、ハッとするほどの美人だ。

島崎先生は先ず、「時効」を主張するとのこと。遺留分請求が相続から十年を経過していれば成立するらしい。ただ、微妙なラインだと仰っていた。

その間に、親戚を交えた二回目の集まりが実家であった。参加者は従兄弟の祐輔、母、道子、秀樹、俺の五名。その日も美代子は来ていない。道子に問うと病気だという。病名を尋ねても答えない。

先ず祐輔さんから、多恵からの聞き取りについての報告があった。多恵の要求は、五千万円相当の土地を渡すこと、借金八百万円余（前回より増えている）の肩代わり、今後の生活費の保証、これら三点について一筆入れることであった。あまりの理不尽さにこの日の協議は結論が出ず、後日、申立人の多恵も交えて協議するという、面倒くさい展開になった。

祐輔さんが帰った後、多恵の生活態度や金遣いの荒さ、どこから借金しているかなどの話題になると、母の態度が落ち着かない。問い質すと、多恵は母の手引きで絹から三十万円を借金していることが判明した。母に「物事を解決したいのなら、今後嘘や隠し事はするな、正直に話して」と注意し、すぐ親戚に縋る姿勢に対しても、「安易に人を頼るな、みんな忙しいのだから」と念押しした。

ところが他にも嘘を吐いていたことが後に判明した。俺には上村という時々酒を酌み交わす年上の親戚がいる。その妻である茂子さんから多恵が八十万円の借金をしていたのだ。多恵は上村夫妻とは面識がない。母が引き合わせたとしか考えられない。このことが発覚すると道子から電話があり、「母が多恵に脅されてついていった」のだという。「ウチには反省していると言って大泣きしている」と言っているが信用できない。

後日、秀樹と共に母に隠し事はすべて明らかにするようきつく言った。

母と道子たちに対するこれまでの鬱憤もあり、「実の娘たちは父の法事、盆・正月と何もやらず、俺らや俺らの嫁たちしか実家のことはやっていない」こと、「あなたが大腿骨を骨折した際の手術・入院費は俺と秀樹で支払い、その後の車椅子生活のときは妻の文子が毎日弁当をこさえて届け、朝晩は兄嫁が飯の面倒を見ていた」ことの事実を母に突きつけると、「道子は病に伏せっている美代子の面倒を見るので手一杯だ」と言う。また嘘を吐いた。

数日前にたまたま美代子と出くわしたので、「薬は体に合っている？」とカマをかけたらきょとんとした表情の後、何か悟ったのか、「今、薬は飲んでいない」とごまかすように言っていたのだ。もちろんピンピンしていた。

続けて母は「父ちゃんの看病は全部道子がやっていた」などと、見てもいないことを平然と言い放つ。道子の一方的な嘘を鵜呑みにしている。ちなみに母は夫の人工肛門のストーマ（パウチ）を取り替えたこともなければ、転院までのつかの間の帰宅中も、癌細胞から滲出してくる液が「物凄く臭い」と言って一切看護をしなかった。思っていた通り、親子ほど年の離れた父への愛情はなかったのだ。

そして道子のことで俺と兄が反論したとたん、「お前たちは道子ばかりをいじめて！」と車椅子に座ったまま、拳で襖を殴るほどの凄まじい逆切れをした。さらに多恵の絹からの借金は「ワッチがちゃんと返済させた」と啖呵を切った。

ところで、道子と美代子は実家から住民票を移していない。ずっと所在を知らなかったが、実家から離れた一等地の高層マンションの部屋を別々で買って住んでいることが、奇しくも多恵が起こした「遺留分減殺請求事件」の書類で判明した。

三度目の協議。祐輔さんは「この問題はきょうだいでしか解決できない。もっと大きな心で対処してもらえないか」と、裁判沙汰は望ましいものではない、落としどころを探るべきではないかと示唆してくる。しかし、もはやそんな段階ではない。どこかで公に決着をつけないと、多恵に一生涯たかられることになる。調停はむしろ今後のためには有効な手段だ。

この日は祐輔さん宅での協議で、参加者は祐輔さん、その甥の至昭さん、道子、秀樹、俺、そして中立人の多恵の六人。道子から「美代子は今日も体調不良で来られる状態ではない」と親戚にアピールする。母もおそらく道子が作為的に呼んでいない。次々とボロが出るからだろう。不都合な真実は隠したいのだ。

多恵は前回の要求に少し変更を加え、五千万円相当の土地、もしくは五千万円の現金と言ってきた。

道子が「父から預かっている前田家の財産は私が食い潰したのではない、多恵を助けるためにやった、ということを祐輔さんたちが親戚に証明してくれるのであれば、私は応じる。ただ、今すぐ右から左というわけにはいかない」旨表明してきた。

秀樹は「多恵が土地か五千万円得られれば、今後一切迷惑をかけない」と明言したことと、道子が土地か五千万円を支払うと明言したことに力を得て、「オレは賛成」と意思表明した。

俺は道子がいい人をアピールするための、その場しのぎの感じが払拭できず、多恵のことも信用していない。そもそも間に入ってくれている親戚の顔を立てて参加しているだけで、すべては「調停」の場で発言するつもりなので、コメントは控えた。実際多恵は、道子が「五千万円相当の土地もしくは五千万円払う」ということを聞いても調停を取り下げるとは決して言わない。

道子は親戚を前にして、どういう意図でのアピールか分からないが、「父との約束で四十二の頼み事があり、四十は消化した」との気持ち悪い発言もしてきた。

後日、道子が話をしたいというので、秀樹と共に呼ばれて実家に赴いた。何らかの策略を練ったのだろう。道子と母が待ち構えていた。

「マンションに引っ越す前、ウチと美代子のアパートは頻繁にピッキングの被害に遭っている。多恵が夫とヤクザを使っている」などと道子は見え透いた嘘を吐く。だから高級マンションを買ったのだと言いたげだ。それを無視し、秀樹が母に「多恵の絹からの借金は返済させたと言っていたよね」と問うと、毅然と「この前返答した通り」と言う。秀樹は前日に絹と会い、未返済であることを確認したと告げると、母は押し黙った。

しかし道子は秀樹に対して「多恵はあんたの家（実家）に火をつけると言っている」だの「ヤクザに刺させる」だのと、くだらない責任を転嫁した脅迫をする。だんだん腹が立ってきたので、「わざわざ時間を割いてきたのに、そんな話をするために呼んだのか」と俺が注意すると、ようやく「何でウチだけが多恵に五千万円を出さないといけないのか」と本音を言い出した。

先日の話は案の定、親戚の前での「いい人アピール」で、その場しのぎのものだったのだ。多恵からの催促に、道子が「ウチ一人では支払いたくない」と答えたら、多恵は怒り狂ったとのこと。そりゃそうだ。自分の言葉に責任を持て、と言い置いて俺と秀樹は帰った。

翌日、道子から電話があり、「多恵から『兄たちは援助することに賛成し思いやりがあるのに、なんであんただけが反対するのか』としつこく電話が来る」、さらに「明後日の調停を取り下げるかどうか決めねばならないから、今日の四時までに返答するよう迫られている」とのことで、渋々実家に集まることになった。この日は、俺、秀樹、道子に加え、珍しく美代子が参加した。

道子は「多恵はこの前、秀樹が援助について『賛成』と言ったことに気を良くし、竹友の無回答については都合のいい解釈をしている。ウチだけが反対者ということで逆恨みされている」と不満をぶちまけてきた。

「反対者というか、あんたは援助すると言った当事者だろう。逆恨みでも何でもない。あんたが五千万円出すと言うからオレは賛成したわけで、覆したあんたの身から出た錆だろうが」と秀樹は憤慨している。

俺は「予定通り調停で進めるよう多恵に伝えて」とだけ発言した。

美代子は、「この機会に公的に決着をつければ、援助と称した要求も、これまでのような高飛車な態度にも出られなくなるから調停でよい」との意見だった。

土壇場になって金を出したくない、あるいは端から出すつもりのなかった道子は話し合いがまとまらないからと、多恵を呼び出した。

秀樹は大柄で性格も大らかだ。それだけにそそっかしく、短気で単純で涙脆い面がある。多恵が参加したことで案の定、墓穴を掘り、「生前贈与」を持ち出してしまった。これを多恵が聞き逃すはずがない。即座に「今の発言からすると、みんなたくさん持っているっていうことだね」と不敵な笑みを浮かべ、道子に向かって、どれだけあるのか白状しろと迫っている。秀樹の発言は、言葉が脳を経由する前に口からばらばらこぼれている印象だ。

話し合いを続けるうち、やがて多恵は興奮が収まってきたのか、しおらしい態度で「くやしいから訴えるが、正直調停で勝てるとは思っていない」と漏らした。それを聞いた秀樹は「かわいそう」とまで言い出す。調停はこれからなのに、母から多恵に至る前田家の女たちのずる賢さを理解できていないわけでもないのに、優し過ぎる、と言うより甘い。

俺が多恵に「どうして当初の要求から五千万円に変更したのか」と尋ねたら、自分が出した当初の「援助の条件」をまったく覚えていなかった。根拠もへったくれもなく、やはり大金が欲しいだけなのだ。ただ、茂子さんからの借金は「母が多恵に脅されて」ではなく、母の発案で手引きしたことが判明した。

それでも美代子は「ねぇ多恵、あんたには信用できる人間っているの。自分にはいる。自分が信用しているのは道子姉だけ」と口走るに及んで、完全に洗脳されていることを確信した。俺らのやり取りを近くで聴いていた母に至っては、「ワッチは道子さえ幸せになってくれればそれでいい」と言い放った。

騙されたとはいえ、好きになった男との間にできた子は無条件にかわいいようだ。生活のために結婚した男（俺の父）との間にできた子とは愛情の度合いが違う。

協議がまとまるはずもなく、調停に臨むこととなった。

4

第一回目の調停が始まった。中立人の多恵が先に話を訊かれたようで、今は「中立人控室」で待機している様子。俺の代理人である島崎先生が部屋に残され、俺、秀樹、道子そして美代子の四名は退室し待機した。

島崎先生と入れ違いに道子が調停員の待つ部屋に呼ばれた。相変わらずの嘘で固めた長広舌をふるっているのか、時間を要している。結局、秀樹と美代子はこの日、調停員から声がかからなかった。

島崎先生になぜかと確認すると、遺留分割合が四名の内、道子が最も高く、次いで俺らしい。軍用地よりも民有地の評価額が高いからだ。相続財産の量としては俺より美代子の方がずっと多い。

道子のいる部屋に島崎先生と俺が呼ばれた。島崎先生が調停員に「公正証書を何度か請求しているが、道子さんは応じなかった」と告げると、道子は即座に「渡すつもりでいたのに、これ（中立人の多恵からの訴状）が届いたから」と詭弁を弄する。

最後は全員を招じ入れ、調停員から「申立人の請求は明確に示された。遺留分割合から道子さんと竹友さんの二名に絞られたので、あとはお二人がどれだけ出せるかの相談にした方がよいのでは」との見解が示された。納得がいかず、いったん持ち帰り、検討することとした。

俺は「多恵の一家のことは散々助けてきたのに、道子たちと一緒くたに訴えられていることは心外だし許せない」ことを調停員に訴えると、多恵は「竹友兄からは何もしてもらったことがない」と言い放った。

終了間際、俺が「ひとつだけいいですか」と調停員の了解を得てから、「公正証書には後々のことについて言及されていないけど、生前に父から何かあったか」と道子に問うてみた。「特に何も言われていない」と道子は言う。「以前から財産は前田家に戻す約束があると言っていたし、親戚にもしきりに預かりものだからと言っていたから」と返すと、鼻で笑い、「ウチの弁護士からも『今どきそんな考え方は笑われますよ』と言われた」と、これまでの発言を覆してきた。

多恵は自分の行状は棚に上げて弁護士の制止も聞かず、恨み言だけを言い連ねる。ただ、道子が「私はこれまで散々多恵に援助してきました。でも、制裁も済んでいる」などと言うに及んで、さすがに多恵の弁護士も「なんであなたはことごとく上から目線で物を言うのか」と、かなりの怒気を孕んだ声音で叱責していた。

調停員から、二か月後に第二回の調停を行うことが告げられ、その日は終了した。

帰り際、俺の多恵への対決姿勢を危惧したのか、島崎先生から「裁判に持ち込まれるのは得策ではない、まして鑑定評価の話になるとかなりの費用が嵩むので、この調停で決着をつけた方がいいです」との助言があった。俺たちの前を道子と美代子が横切った際に、島崎先生が道子に「多額の使途不明金がありますね」と呼びかけたら、「何のことでしょう」と素知らぬ顔で去っていったが、プレッシャーになっただろう。

調停の翌日、多恵から電話があり、できるだけ早いうちにみんなと話がしたいと言う。「すでに調停は始まっているのに、今さら何を話し合う必要がある」と断った。

多恵が絹姉に金の工面に行ったら、絹姉は「あなたの母さんから、『多恵はワッチのこともヤクザを使って脅したりするから金は貸さないように』と、注意を促された」とのこと。多恵はすぐに実家に行き母を詰問したら、母は「『絹が嘘をついている』と我が身可愛さであっさり絹姉を裏切った」らしい。

続けて多恵は「父ちゃんが他界してから二年後くらいに実家で、道子に財産について尋ねたことがある。そのときに、財産はすべて長男である秀樹が相続したと聞かされた。三階に住んでいる秀樹を呼び出し、大喧嘩になった」ことがあったらしい。この件は、後日秀樹に確認した。

道子の嘘を信じて多恵は秀樹を訴えると息巻いて、「誤解だ、道子の作り話だ」と言っても聞き入れないため、秀樹も逆上し多恵を殴る素振りをしたらしい。多恵はとっさにテーブルの上にあったハサミを取って秀樹に向けるに及んで、傍観していた道子がまずい展開と思ったのか、「こうなったのも悪いのはすべて竹友のせいだ、竹友が仕組んだことだ」と言い出し、秀樹は「どうしてここで竹友が出てくる」と、さらに揉めたと言っていた。

そんなことを思い出しながら、俺は多恵にこれ以上話すことはないからと、いったん通話を終えたが、再度多恵から電話があり、四日後に道子と秀樹と会って話をすることになったと、わざわざ報告してきた。道子に対し、秀樹と多恵では若干の懸念はある。二人ともその性格から、感情に任せて言いたい放題し、気持ちいいかもしれないが、老獪な道子にとっては貴重な情報収集になるからだ。

四日後の「その日」は道子からも多恵からも、何度か着信があったが無視した。秀樹からの電話には出た。道子は案の定、「みんなが出さないというならウチも出さない」とごねているらしい。

彼らがそうこうしている間に、俺は第二回目の調停に向けて島崎先生に方針を仰いだ。先ず、「調停の前に一度被告側が集まって協議した方がよい、姉さんたちに異存がなければ私も立ち会います」とのこと。「参加してほしくないと言うのであれば、竹友さんは『金を出すつもりはない』ことを伝え、親戚の前で道子さんが『五千万円支払う』と明言したことが解決策であることを進言してください」との助言があった。

早速、協議日程調整のため各自に連絡した。道子からは予想通り、弁護士は同席させるなと言ってきた。

今回も実家の一階に集まることにしたが、秀樹は協議の当日になって腸炎を患っているとのことで欠席した。そのため、道子と美代子に日を改めようと提案したが、美代子から

「自分もそうだが、秀樹兄も相続割合が微々たるものだから強いて協議に入れないでもよいのではないか。道子姉と竹友兄の二人で決めたらどうか」と言ってきた。

美代子が有する軍用地を時価評価にすれば、遺留分割合が俺と逆転するので、道子と一心同体である自分たちの負担を減らしたいから、暗に自分も外せとの意図が窺える。ともかく俺は「申立人多恵には一切金を支払う意思はない」と道子と美代子に告げた。そのうえで、改めて道子に「相続財産は預かりもの」発言について質すと、「父ちゃんからは『前田家の財産を守れ』とか、そういった類いのことは何も言われていない。むしろウチが『財産を全部売り払って使い切るかもしれないよ』って投げかけたら、父ちゃんは『それならそれで構わない』と言っていた」と以前と違うことを言う。これは明らかに後付けだし、道子の文脈だ。

道子は「今後一切申立人夫婦とは関わりたくない、この調停で相続割合分を支払って終わりにしたい」との意向を示したうえで「だけどあんたは、ウチが全部負担すればいいという考え方なわけね」と詰めてくるので、「調停の場で、あなたはあなたの回答をすればいいいし、俺は出さないと回答する」と返した。

道子は決して「五千万円を支払う」とは言わないので、この日も結論は出ず、双方の意思表示をしただけに終わった。思い出したように美代子が「この前、弁護士が指摘してきた使途不明金については相続三年前ということで、いきなり道子姉の口座にすると莫大な贈与税がかかるから、それを避けるため税理士の指導で一度母ちゃんの口座に入れた。竹友兄の弁護士は、それを知らないから『相続税検討表』から判断したのだろう」と道子の参謀として、明らかに付け焼刃的に調べてきたであろうことを説明してきた。

翌日、島崎先生へ電話し、前日の協議の状況を伝えた。先生からは「調停員は時効について言及しないし、急いでいるような、ちょっと強引な印象を受けた」、また、「調停員はあくまで中立人の代理人が出した遺留分一千二百万円でしか判断しないが、一応、軍用地を時価計算したシミュレーションも必要かもしれない」との示唆があった。

早速、公正証書を基に、軍用地を時価計算し比較してみた。その結果、中立人多恵の遺留分は約一千万円増える。それでも要求額五千万円の半分にも満たない。そして俺と美代子の遺留分割合が予想通り逆転した。

秀樹に腸炎の具合の確認と、道子たちとの協議内容を伝えるべく電話した。秀樹が嫁さんから聞いたところによると、母は「道子と竹友で払うみたいねー」と、これで丸く収まると言わんばかりに嬉しそうに言っていたらしい。

道子は俺のことを嗅ぎまわっているようで、親戚の上村さんにも電話があり、いろいろ訊かれたようだ。道子と上村さんはこれまで接点がないのに、猜疑心の塊だから臆面もなくそういうことをする。

数日後、秀樹から「多恵から電話があり用件は借金の無心で、さすがにあきれて『あんたは自分が今何をしでかしているのか分からないの』と断った」とのこと。多恵は「今は夫も働いているが、給料が暴力金融の返済に消えてしまい、生活費が無いから二十五万円貸してほしい」との要求で、借金に応じてくれるのであれば調停が不発に終わった場合、秀樹兄は訴えから外すと交換条件を示してきたようだ。秀樹は前田家の女たちは誰一人として信用できないからと、これも強い口調で断ったとのこと。

5

第二回目の調停日を迎えた。俺と秀樹は和解金を支払う意思はないことを伝えた。ここにきて、よほど裏に何かが隠されているのか、道子と美代子は合わせて三千万円支払うと回答。中立人多恵はこれら回答に対して「検討したい」ということで、調停は再度持ち越しとなった。

今回の調停について思えば、俺と兄の秀樹は貰い事故に遭ったようなもので、前田家の財産を食い潰してきた者同士で争えばいいのだ。中立人の多恵については、俺も兄も散々援助してきて、良いことはしても悪いことは何もしていない。逆に多恵たちから善意や好意を受けたことは一度としてない。

多恵は「それもこれも、財産を貰っていないから」の一点張りであるが、住んでいる家は中古とはいえ、多恵の結婚を機に父が買ってくれたものだ。

土地は親戚のものだが、格安の借地料で、これも父がずっと支払ってきた。家賃は出ないし世間一般からすれば十分恵まれている。多恵の夫が俺と同じ会社を真面目に勤めていたら貯金もできたのである。それなのに夫婦とも仕事をせず、別々に借金を繰り返す。父でなくとも財産を譲ろうとは思わないだろう。多恵は世間一般を比較対象にせず、遊んで暮らしている道子たちを対象にしてくるから始末に負えない。

珍しく絹姉から電話があり、「多恵から十万円貸してほしいと無心があった」とのこと。道子名義の六百坪の民有地の鑑定のためで、担当弁護士からの指示らしい。絹は先ず、所有者である道子に電話したらしい。道子の返答は「三千万円出すとは言ったが、調停で正式に決まったわけでもなく、まして土地を探るのはおかしい」と言っていたから、あなたにも確認のため電話したとのこと。

「道子が五千万円出すという話が三千万円になったから、相応の土地を狙っているのかも」と伝えた。多恵は絹にも「竹友兄には何もしてもらったことがない」と言ってきたらしく、面倒ではあったがこれまでの援助について説明した。高齢の姉にこんな話はしたくない。

絹姉は五十歳を過ぎてから、ある新興宗教に入信している。それで幸せならば、こちらから言うことは何もない。ずっと間借りで実母の看病に明け暮れ、独身を通してきた。その母を見送って数年後に入信している。誰がそれを責められようか。しかも後年、八十二歳で絹が白血病で他界した際には、教団の方々はとても良くしてくれたのだ。

兄秀樹は膝の痛みが悪化して喪主を務めきれず、ほとんど俺と妻で葬儀を仕切ったが、教団の方々の協力は大きかった。道子をはじめ姉妹たちは誰一人何もしていない。それどころか、邪魔ばかりされた。

第三回目の調停日。ここにきて道子たちの弁護士が出てきた。道子が和解金として三千百万円、美代子は五百万円を支払うと調停員に伝えてきた。前回の三千万円に対し、多恵が難色を示したからだ。道子たちの代理人は「この提示額で駄目と言うなら、訴訟なり審判なりにしてよい」と押し出してきた。加えて道子は「申立人多恵の子供たちに援助が必要であれば、今後も面倒を見ようと思っています」などと、ここでもいい人をアピールする。

俺と秀樹は「出さない」と伝えた。四人からの回答を申立人に伝えるため、調停員はいったん退室した。

まもなくして、道子と美代子の提示額について申立人は了解している、と調停員から告げられた。調停員が秀樹と俺に向かって「もし調整の余地があるとして、いくらなら出せますか」との問いかけに、「早期決着が図れるというのであれば、百万円なら出してもよい」と秀樹は回答した。俺は当初、支払う意思はないと答えたが、島崎先生の助言を受け入れて、相手がどう出てくるかも見るつもりで秀樹と同じ百万円を提示した。

調停員が戻ってきて言った。

「申立人多恵から、秀樹の百万円については了解したが、竹友については一千万円を要求してきました。百万円の提示に一千万円は無茶であり、折衷案として四名の総額四千万円ではどうですか、と提案しましたが、『竹友には何も援助してもらったことがないから』

と頑なに一千万円を主張しています」

腸が煮えくり返る思いだ。調停員はどうにか落としどころを決めたい様子で、「五百万円なら出せますか」と俺に確認してきたが、断った。

俺は調停員に「今となっては蛇足かもしれないが」と前置きしたうえで、「申立人は美代子の五百万円に了解しているが、美代子はこれまで一切申立人へ援助したことがなく、一方私はことあるごとに援助してきた。それにもかかわらず申立人は私から何らの援助も受けていないと言い放った。こんな恩知らずで誠意の無い輩には一銭も出したくない」と伝え、「この相続がいかに不自然なものであるか、道子と美代子は父の預貯金で相続税を納め、莫大な軍用地も所有している。『正当なる後継者』である私は、収入を生み出さない自宅敷地と民有地を相続した結果、自力で相続税三千万円を納めた。これ以上血を流すのは不本意だ。道子はこれまで働くこともなく、ずっと無職のままで前田家の財産を食い潰してきた。父の生活援助を受け続けてきた多恵一家も同じだ。私とは意味合いがまるで違う。申立人多恵に逆恨みをされる覚えはない」と訴えた。無駄だった。分かってはいたが言わずにはいられなかった。

裁判長と書記官が出席し、裁判長から「道子、美代子、秀樹については和解調停成立、竹友とは不成立となったため訴訟となる」ことが発せられ、調停は完了した。

調停のあくる日、秀樹が訪ねてきた。「オレはずっと多恵に『お前の敵は道子と美代子だ。弁護士費用はオレと竹友が出すからオレたちは外せ』と説得を続けた」らしいが、糠に釘だったと告げた後で、「公正証書」の立会人である叔母に会って話を訊きに行きたいと言う。秀樹は、母方の親戚しか絡んでいないことに若干の不信感があるようだ。叔父も叔母も良識ある人たちだが、道子が関わると誰でも疑心暗鬼に陥る。

「オレが話を進めるので、お前は側で聴いているだけでいい」と言う。異存はないのでアポなしで仲地の叔母を訪ねた。

秀樹から叔母に、一連の事情をかいつまんで説明した。

叔母は「あなたたちの父さん、私、夫の友人、そして道子の四名で公証人役場へ行った」と話してくれた。それ以外に有力な情報を掘り下げて聞くことなく、兄は「じゃあ、これで」と立ち上がってしまった。俺はとっさに「道子が公正証書を権利者全員にタイムリーに見せていれば、こんなことにはならなかった」と伝えたが、叔母にとっては頼まれてついていっただけなのだろう。

叔母宅から帰宅後、多恵から電話が来た。

「あんたは秀樹の百万円には了解で、なぜ俺からの百万円は断り、金のかかる訴訟に持ち込むのか」と聞いてみた。

「母ちゃんから『道子が三千万円、竹友が二千万円払うのは決まっているから、これ以上ごちゃごちゃ言うな』と言われた。その二千万円が頭にあったから百万ぽっちには応じなかった。しかもあんたの嫁から絹姉に『多恵が来ても金は貸すな』と言ったと聞いていたので、そのことへの怒りもあった」

「絹姉は腰も曲がり小さくなっていた、との俺の話を受けて文子はミカンを持って見舞いに行っただけだ。そもそも文子はあんたが絹姉から借金していることは知らない。ところで、その二千万円の根拠は何か？　自分で分析してのものなのか」

「そんなことは知らない。とにかくあと一千万円以上欲しいだけ」

「これまでの協議の中で、俺の自宅の隣地を五千万円相当に分筆して渡すといっていた、道子の話はどうなった」

「昨日の調停で急に道子たちが弁護士を付けてきて現金に変わった。理由として、『隣の土地にお前が来ることを竹友が反対している』と母ちゃんから聞いたから、と道子は言っていた」

俺は母にそんなことを言った覚えはない。ここでも母をダシにして道子は虚偽を発している。

「俺と秀樹が百万円を提示したのは、調停員が解決を急いでいることと、いくらかでも提示が無いと進められないというので口にしたまでで、協議で出た五千万円相当の土地の件を道子から引き出したかったのに」

「担当弁護士からこれ以上ごねると比例配分も取れなくなると言われ、やむなく了解した」

「今日は秀樹と公正証書の件で叔母に会ってきた、公証人役場には道子も一緒だったと言っていた」

「やっぱりおかしい。以前に道子に公正証書の存在について確認すると『ウチも父ちゃんが他界するまで知らなかった』と言うので疑っていたが案の定だ」

多恵は、前日の調停時に道子たちの代理人から、「和解金を払う代わりに今後、道子と美代子に近寄らないこと、一切連絡も取らないこと」を約束させられたらしい。とにかく秀樹兄も交えて一度直接会って話をしたいと、多恵は言う。調停は一応終わっているので、五日後に互いの近所のカラオケハウスで会うことにした。

多恵に対して頭には来ているが、「俺が提示した和解金百万円を加えたら、三千八百万円になる。宝くじで一等を当てたようなものだ。これをよしとして生活を立て直すべきと思うが」と、努めて冷静に諭したが理解しない。

多恵は裁判所で三千七百万円を認めたにもかかわらず、いまだに五千万円を主張し、本来の敵が誰であるか言葉を尽くしても、「とにかく誰でもいいから、あと一千万円を寄こせばいい」と言い張っている。

多恵は道子の吐いた数々の嘘を訴えることができないか、自分の弁護士に相談したが、「道子の性格の悪さを証明するだけで、それ以上のことは無理」と言われたようだ。

秀樹は「相続手続きは道子が司法書士事務所を使ってなされている。その事務所は同時期に高齢を理由に閉鎖している。怪しい」と、俺が抱いていたのと同様の疑問を口にした。

多恵には喋りたいだけ喋らせた。

「道子からは『竹友の子供たちに何か持っていっても、竹友に門前払いされる』と聞かされた」とか、「竹友は、美代子を結婚させたうえで、前田家の財産を独占しようとしている、ということも聞かされた」と言っていた。

この件については、かつての道子の婚活の際に、俺が父に怒られ不信感を持たれたときと同じ手口だ。この話は俺と道子と父以外誰も知らない。多恵は間違いなく同様の話を道子から聞かされたのだ。

父が他界してからまもなく、まだ仲違いしていなかった頃、道子と美代子が俺を訪ねてきた。美代子が婚活をしたいとのことで、いい人がいたら紹介してほしいと頼んできた。道子も、美代子の婚活に乗り気だった。

幾人かと見合いをセットしたが、紹介できる性格の良い人はまだ何名もいた。そのうちには縁談もまとまるだろうと楽観していた。ところが、ある時期からピタッと美代子から連絡が来なくなった。美代子の婚活を応援していると言いながら、縁談が現実味を帯びてきたところで、道子得意の「誰かとくっつけて財産を狙っている」理論でストップをかけていたのだ。

一蓮托生の味方に付けるために財産も行き渡るようにしたのに、美代子が結婚してしまったら、道子は独りぼっちになり困るからだ。奇しくも多恵のこの日の発言ではっきりした。それにしても、道子に騙されているふりをしている美代子はつくづく可哀そうである。結婚できて、子宝にも恵まれたかもしれないのに。これで幸せな家庭を築く夢は永久に叶わない。

多恵からは他に「父ちゃんが生前、財産を母ちゃんに渡さないのは、自分の方の親戚のことしかやらない、自分との子のことはやらないから」と直接耳にしたらしい。また、「最初の援助相談の前に、実家で父ちゃんの箪笥やらあちこちを引っ掻き回したら、預金通帳が十冊くらい出てきて、その中の三冊が四千万円以上あった。全部引き出されていた」とのこと。

そのことで母を問い詰めると、「税金払うのに使ったわけさ！」と激怒しながらも、動揺していたらしい。こういうことがあるのに、道子が「ウチはお金が無くて困っている」との言葉に憤慨したことが、訴えようと思った最大の理由だと言う。

俺は多恵に「三名については調停で和解が成立しているから、新たに訴訟を起こすとか、もっと金を寄こせとはもはや言えない。債務を整理したうえで、和解金で借金を完済し、残ったお金で生活を立て直すべき」と再三諭すが、「竹友兄がうちにいったん一千万円渡して、道子を別件で訴えて一千万円取るということはできないか」などと、非常識なことを言ってくる。

「何の廉(かど)で訴える？　裁判を起こせるのはあんただけだよ。あんたが道子たちだけを訴えるのであれば、こちらで摑んでいる有効な証拠も惜しみなく出すし、秀樹もいくらでも証言すると言っている。勝てる要素は多い。でも俺を訴えると言っている以上は協力するわけにはいかない」

そこまで言っても理解できないのか、多恵は「とにかく二人で道子たちと連絡を取り合い、よい方向で進めてほしい。進展があったら連絡して」としか言わない。

6

正月を迎え、家族全員で実家に行った。実の娘たちは誰も来ない。

母方の親戚（母の姉）が来ていたので、俺は気を遣って仏間で同席していたが、母はしきりに、「あっちへ行け、むこうで何か食べてこい」と追い払おうとする。聞かれたくないことでもあるのだろうか。

親戚が帰ってしまうと、母は俺の家族、兄家族のどの輪にも加われなくて不自然な印象だった。浮いてしまうのは当たり前である。

その頃から俺の体には異変とまではいかないが、妙なことが起こっていた。仕事中、脈が頻繁に飛ぶし、胸の圧迫感もしばしば起こる。

調停がやっと終わった、と一息つく間もなく、会社ではまたもや部下が業務上のミスから対外的なトラブルを起こした。

俺は、通常の業務に加えてそのトラブルの収拾と担当役員への報告、そしてプライベートでは訴訟への準備で忙殺されていた。体の不調はそれらが原因なのだろうか。でも人間ドックではどこにも異常はなかった。部のトラブルは表沙汰になることなく、その後、無事に収まったので安堵したが、不整脈と胸の圧迫感は続いた。緊張が続き、疲れが出たのだろうか。


多恵からはその後、「担当弁護士に呼ばれて、訴訟についてどうするか聞かれたが、一か月ほど待ってもらうことにした。この前、カラオケハウスで話し合ったけど、その後何らかの進展があったかどうか確認したい」と電話があった。

「誰とも連絡は一切取り合っていない」と返答した。

「では訴える。相手は誰でもいいが、今訴えることができる相手は竹友兄しかいない。何としてもあと二千万円欲しいから」と言う。この前は一千万と言っていなかったか？　大金が欲しいだけで、根拠などないのだ。

「本来、一千二百万円の遺留分請求に対して三千七百万円の現金を手にしながら、まだ食い下がるのか？　なぜこれをよしとして生活を立て直そうとしない」と従来通り諭すが、「きょうだいみんなは軍用地の固定収入があるのに自分にはない」との一点張りである。

「どうしても訴えるというなら、それはそれで構わない。でも裁判となると時間も費用も調停の比ではないよ」と牽制するが、「お金の問題ではない」らしい。言っていることがちぐはぐだ。

「うちは姉たちに会うこともできなくなってしまったので、兄たちで家族会議を開いて、もっと援助できないか確認してほしい。その結果を見て竹友兄を訴えるかどうかを決める」と言うので、「一応、頼まれたから聞くだけは聞いてみるけど無理だと思うよ。姉たちはこの前の調停であんたとの縁が切れ、目的は果たしている。今さら生前贈与分を洗いざらい晒したからと言って、彼女らは蚊に喰われたほどの痛痒も感じないだろうよ」と、返答して通話を終えた。

翌日、道子へ電話し多恵の依頼を伝えた。

「あんた何を言っているの？　援助は一切できない。祐輔さんや絹姉からお願いされてあんたたちに累が及ばないよう、助けるために多恵の言う通りにしてやってあげたつもりだよ。何のための調停だったの？　それより、秀樹はあちこちでウチのことを悪く言いふらすし、あんたはウチを訴えようとしている。銀行、地主会、親戚を含めた周囲から聞いている」

道子は真実を知られたくないから請求額をはるかに超える金を出したくせに、恩着せがましい言い方をしてくる。俺が道子を訴える？　何の廉で？　意味が分からない。

道子は続けて「絹姉に多恵から『借金二百万円については、うちには貸すなと唆した竹友の嫁から取れ。うちの借用証は破いて捨てて』と電話があったみたいよ」とも言ってきた。

俺は道子を牽制する意味で、「多恵に対しては俺も縁を切りたいので『何が何でも訴訟にしたいのなら、さっさと訴えてきょうだい全員の生前贈与分を洗いざらい調べ上げ、和解金を浪費すればいい』と返答した」と伝えた。

道子が本当に助ける意図があったなら、自分たちだけでなく俺や秀樹、さらに母、絹まで含めて、多恵が今後一切近づかないよう和解条件に付すべきはずだが、そうはなっていない。俺からの怒りを回避するための方便だろう。

多恵に電話し、「あんたに頼まれたから一応確認したが、やはり道子はこれ以上の援助はしないし関わりたくないと言っている」と伝えると、「では弁護士と相談し、あんたを訴えるかどうか決める」と返してきた。

その日、島崎先生に電話し今後の対応について確認すると、「訴状」が届いてからでもよいとのこと。島崎先生が二週間ほど前に多恵の代理人と連絡を取った際に、多恵は「徹底的にやる」と言っていたらしい。

翌日、多恵から裁判を起こすとの連絡があった。

「手許に大金があるのに生活を立て直そうとはせず、裁判なんかしたら金は目減りしていく一方だぞ」と諭しても、「あんたには何もしてもらっていないし、道子たちには法的に近づけない。だからあんたを訴える」と言う。

「秀樹より財産の少ない俺が秀樹と同額の提示をしたのに、蹴ったのはあんただよ」と言い聞かせても話にならない。

話の端々で、どうも道子が俺の子供たちを引き合いに出して、多恵の娘たちと比較してきたみたいで、それによる妬みで恨みを倍加しているフシがある。俺が自力で稼いだ金で多恵一家に援助したことや、家族旅行から戻った際のお土産まで、実は「妬ましかった」らしい。

こちらには何の落ち度もない。「訴訟にするというならやればいい。俺は決して負けないよ」と伝え、電話を切った。完全に縁が切れるのでむしろいいのだ。

7

栃木の義姉から送られてきた梨を手土産に絹姉を訪ねた。この前より老けたが、一応元気そうなので安心した。多恵に貸した金はまだ返してもらっていないし、借用証は破って捨ててと言っていたらしい。「どうしても返してほしければ竹友から取れ」と捨て台詞を吐いたと言う。珍しく道子の言と一致する。

「道子の住所を教えてほしい。道子は不治の病に罹っているらしいが、医者からは息が止まったら来なさいと言われているとか。そんな医者はまともとは思えない。あなたが大学病院のちゃんとした医者に診せてほしい」と絹姉が言う。

道子がこの前からしきりにアピールしていた「間質性肺炎」のことを指していると思うが、ただの風邪との診断を、そんなはずはないと医師にしつこく食い下がった挙句、藪医者呼ばわりし、自称「間質性肺炎患者」を標榜しているだけだ。

母や絹には酸素ボンベを背負っていると信じ込ませているが、そんな状態で絹姉に長時間、電話で喋れるわけがない。老齢の絹姉の負担の方が大きい。病状の詳細は仲地の叔父さんが知っていて、秀樹には叔父さんから説明すると道子は言っているらしい。

絹姉には、道子の住居を訪ねてもセキュリティの厳重な高級マンションだから、入って会うのは無理であることを伝えた。絹姉も、「多恵の夫にオートバイでつけ回された」とか、「合い鍵で室内に侵入された」などの道子の作り話を鵜呑みにしている。

絹姉は「母さんが居ても立ってもいられないほど道子を心配しており、道子の住むマンションに行きたがっている」と言うので、相棒の美代子が同じマンションの別階に住んでいると伝えたが、これも道子に因果を含められ、「美代子も体調が悪いから、無理な心配をかけないよう、道子は自分の病気を隠しているから美代子とは会えない」らしい。絹姉だけでなく、叔父さんまで巻き込んで何を企んでいるのだろう。

同日、電話で秀樹に、仲地の叔父さんから何か言ってきたか尋ねてみた。

「うんともすんともない、話をしたというのは嘘ではないか」と答えてから、「この前絹姉を訪ねたら、たまたま道子から絹姉への電話の場面に遭遇した。絹姉は腰も悪いのに玄関口できつい姿勢のまま長電話につき合わされていた。終了間際、『秀樹がいるから代わろうか？』と聞いたら、断った様子だった」と言う。

内容は体調が悪いという得意話だったようだ。しかし秀樹が絹宅を辞去する頃、秀樹に道子から電話が来て、「病状の詳しいことは仲地の叔父さんに話してあるから、そっちから聞いて」と言うなり、一方的に電話を切られたらしい。

秀樹は「頗る元気だった。言い草も『助けてほしい』ではなく、自分から電話しておきながら叔父さんに聞いて、などと上から目線」と憤慨していた。

さらに「通話を切られた直後、また電話があり、『叔父さん夫婦には病室で話してあるが、今日は調子がいいから自分で説明する』と言って一時間余りつき合わされ、『ウチが死んだら美代子のことを頼む』と言われた」らしく、秀樹のげんなりした様子が伝わってきた。


絹姉から俺に電話があった。

「道子は猶予のならない体調だ、だからいじめないでほしい。道子はあなたを怖がっている」と。

俺は何もした覚えはないが、道子が妙な具合に仕向けている。絹姉は続けて言った。

「『ウチが前田家の財産を守ったから、財産を父ちゃんから貰えた』と道子は言っていた」

道子が前田家の財産を守った事実はない。前田家に寄りかかっているだけで、前田家のために汗を流したことはない。

絹と入れ替わるように、母から愚痴っぽい電話がきた。

「この前、多恵に、『秀樹、竹友の兄弟二人で軍用地を分け合って、うちに差し出すように言え。親なのにそんな助言すらしたことないだろう』と怒鳴り込まれた」

「だったら道子たちに土地を分けるように進言したらいい」

「道子たちはマンションのローンを払うので精一杯だ」

「ならばなぜ別々で部屋を買ったのか？　美代子と一緒に住めばいいだろう。ローンだって？　現金で買っているぞ、土地も担保に入っていない」

「……？」

「道子たちは盆、正月、法事にも来ない。絹姉の生年祝いに呼んでも来なかった」

「あんたたちが恐くて近寄れないからさ。ワッチがどこかで独り暮らしを始めれば道子たちも来ることができるのに」

以前から度々口にする、年寄りの「独り暮らし」という無理筋の話までする。この日の母の用件は、「少し考え事をしたいから、母の日には来なくていい。小遣いも花もいらないことを伝えるためだ」と言う。親戚の前で「竹友には何もしてもらったことがない」と言っていたのに、しっかりと事実を白状している。

翌日、秀樹から電話があった。

「多恵は一昨日、昨日と母の住む階下に来ていた。どこで入手したのか父名義の古い登記目録書を持っており、その写しを母に突き付けて、この土地はどこかと問い詰めていたらしい」

実家の三階に住む秀樹の情報は嫁さんからのものだ。秀樹は母を嫌い、顔を合わせたがらない。情報のほとんどは嫁さんからの又聞きである。

数日後、何度か母から着信があり無視していたが、しつこいので電話に出た。

「なんだか多恵はあんたたちきょうだいを訴えそうで気味が悪い。多恵が保有していた書類も手許にあるから一度見てほしい」と言う。

その日の晩に実家に赴き該当書類を確認したら、「土地台帳謄本」だった。

「多恵は軍用地を買ったって。絹にもすでにそのことを話したみたい。しかも『二百万円はすぐには返せないけど』と言って五万円を返し、絹が『大丈夫なの？』と訊いたら、『裁判で取れるから大丈夫』って言っていたらしいよ」と、母は言う。

俺にとってはどうでもいい話で、それよりも帰り際、「来年からワッチに援助してくれないかねぇ」と言ってきた。書類云々よりも、これが言いたかったのだろう。

俺は、「俺と秀樹だけでなく、道子と美代子にも同じように出させるなら考えておく」と答えるに留めた。

多恵が家族会議を開く前まで、俺と秀樹は母に毎月三万円を小遣いとして渡していた。道子たちは二人で三万円しか渡していなかったことが後で判明した。その小遣いは多恵に渡していたことを知り、ストップしていたのだ。

この年の六月、絹姉が体調を崩し検査入院したと秀樹から連絡があった。秀樹は風邪をひいており、話の途中何度も咳き込んでいた。

「二日ほど前に絹姉を見舞ったばかりだけど、昨日道子から『絹姉はあんたに来てほしいと言っている。ウチは断わられた』と聞かされて、風邪を押して行ってきた。道子と美代子も来ていたが、いつの間にかいなくなり、水を買ってきたり身の回りのものを揃えたりはオレがやった」

道子たちは病院スタッフの前では「いい人」になるが、検査や入院手続といった責任の伴う署名や、教団の人たちとのやり取りは、風邪で体調の悪い秀樹に押し付けている。

秀樹からの電話を受け、俺も見舞いがてら様子を見に行った。絹姉に「秀樹でなければいけない特別な話でもあるのか」と尋ねると、「一人いれば誰でもよかったし、強いて秀樹は来ないでもよかった。今日発熱しているのは秀樹に風邪をうつされたのかもしれない」と言う。ましてこの病棟は『無菌室』なのに秀樹はマスクをして咳き込んでいた。

絹姉の今回の入院は「急性肝炎」の疑いで、肝臓のＧＯＴとかＧＴＰの値が最大四十が正常値のところ、八百を超えているらしい。もっと驚いたのは母子感染による「慢性白血病」のキャリアだということだ。

翌日、文子が絹姉の見舞いに行ったら、道子と美代子、そして七十代くらいの上品な男の人が病室に入ってきたので、気詰まりする前に辞去したとのこと。秀樹は文子と入れ違いで来たらしく、その晩に秀樹から電話が来た。件の紳士は絹姉の従兄弟で長谷川さんという方らしい。

医師から大事な話があるということで長谷川さんと秀樹は病院に呼ばれたようだが、二人とも中々連絡がつかなかったので、医師はやむなく道子にも電話したようだ。

医師は多忙なのに電話口で絹の症状を根掘り葉掘り聞こうとしたに違いなく、それで道子にも来るようにと言ったのだろう。秀樹の話によると、慢性だったリンパ性白血病がここにきて発症し、これが肝臓に悪さをして熱が出ている。絹姉は宗教上の理由から手術も治療も拒んでいる。ただ、治療を施しても、持って六か月ほどだと医師は言っていたらしい。

その日の晩、俺は不整脈と胸の圧迫感に加えて、何とも表現のしがたい閉塞感と、居ても立ってもいられないほどの焦燥感に見舞われ、変な大汗が滲み出た。直後に筆舌に尽くしがたいほどの苦しさに襲われた。その後、この症状は頻繁に出現する。

8

父が他界してからの母のわがままぶりは目に余る。独り暮らしがしたいと勝手に不動産屋に行って物件を漁っている。「金はどうするのか」と問い詰めるとだんまりを決め込む。俺か秀樹がどうにかしてくれると高を括っているのだ。

そうした中、秀樹から連絡があった。「実家を出ることにした」と言う。

「母ちゃんは独りでアパート住まいをしたいと言うが、『独りでは何もできないし、そうなると独りで住めるところは介護施設しかない。あきらめてほしい』と懇願してもまったく聞く耳を持たず、とにかく『道子を自分の元へ寄せたい、独り暮らしがしたい』の一点張りだ」

「年寄りのたわごととして聞き流せばいいのでは」

「こうした話は一度や二度ではない。毎年何度となく出てくる。もはや我慢できない」

「俺も母ちゃんに対しては、独り暮らしの件も含めて言いたいことがあるので、三人で話し合いがしたい」

「言いたいことがあるならお前一人で言えばいい。オレは言うべきことは言った。母ちゃんは『秀樹はすぐ怒るから何ものが言えない』と道子たちだけでなく、スーパーで知り合った連中にまでいろんなことを言いふらされて、これ以上悪者になるのは嫌だ。オレだってここが終の棲家のつもりだったし、ほんとは出たくない。やむを得ずだ。なのに『あんたたちが出て行ったら、ワッチも出ていくよ』と言う」

「母ちゃんには『あなたの思いとは裏腹に、道子たちに捨てられるかもしれないよ、その後で秀樹に泣きついたって遅いよ、それくらいの覚悟があっての独り暮らしか』ということを一緒に確認したい。母ちゃんは家を出るつもりだと言っているのだから、兄貴たちは出ていく必要はない」と、俺は説得に努めるが秀樹の怒りと落胆は大きく、母とは協議しないと断られた。

数日後、秀樹から俺の携帯に留守メモがあり、物件が決まり契約も済ませたとのこと。母は、従来通り秀樹が光熱費等を出してくれるのであれば、と承諾した様子。秀樹はついこの前、「我が家は犬を飼っているため、物件が決まるまで時間がかかりそう」と言っていたから、もっと先の話だと思っていた。間に合わなかった。

こんなに早く物件が決まるとは思わなかった。「引っ越しはしばらく待ってほしい」とメールした。間もなくして秀樹から電話が来た。

「母ちゃんが家を出たら、オレが年寄りを追い出したと世間や親戚は捉える。それならば先にオレたちが出ていく」

「そうしたら世間は兄貴たちが年寄りを捨てたのだと捉えるよ」

「それならそれでもいい、とにかくずっとこの人に振り回されてほとほと嫌になった。母ちゃんは道子のことになると、どんなことも肯定する。今も道子は体調が重篤でボンベを背負っている、という話を信じている」

翌日、母から電話が来た。独り暮らしがしたい理由というか、言い訳をしてきた。

「子や孫、ひ孫まで入れてワッチの住む一階に十人が毎日入り浸っている。尿漏れも激しいのにワッチにはプライベートがないから出て行きたい」

「そのために、風呂場と部屋二室をつなげてバリアフリーにリフォームしてあげたじゃないか」

「ひ孫に『ひいばぁー』って呼ばれたら、出て行かないわけにはいかない」

「そのことを秀樹たちに伝えればいい。肝心な取り決めが何も話し合われていない」

「話がついていないのはそれだけじゃないよ、その他にも道子からは毎月十万円と電話代やガス代を出してもらっていたが、美代子が七百万円、道子は五千万円を多恵に出したため借金に追われ、今後の援助は難しいからめぼしい家財道具を売って凌ぐようにと言われている。道子はそれほど大変だが、ワッチも経済的に困っている」

道子は二千百万円もサバを読んで母を騙している。そもそも小遣いと光熱費は秀樹が出しているのに、臆面もなく道子の嘘に従う。

道子とは最近会ったのか尋ねると、「あれは借金もあるのに起き上がれる状態じゃなく、そのため美代子の面倒を見る者もなく大変なことになっている」と言う。

俺が道子たちの保有する土地登記簿謄本を確認したのはつい最近だ。道子たちの土地はいずれも担保に入っておらずきれいなままだ。借金などない。

道子はどこの病院にかかっているのか訊くと、「ワッチから多恵に漏れて、その夫の耳に入ることを怖れているから教えてもらっていない」とのこと。

俺らのことは方々でべらべら喋りまくるのに、道子のことについては口が堅い。実家から電話していると思い、「今から行くから」と伝えたら、「なじみのスーパーにいるが、来られるか？」と言う。「そんな場所で込み入った話ができるわけがないだろう、今夜電話してから行く」と伝え通話を終えた。

何度か実家へ電話するが八時を過ぎても帰ってきていない。こんな状況で、スーパー仲間とどれだけ盛り上がってんだよと腹が立った。九時頃にようやく繋がったが、家に帰ってきても真っ暗だと泣き言を口にする。

「今日はもう遅いから明日話をしよう」と伝えると、明日はずっといるからと承諾した。

ところがその三十分後、母から慌てた様子で、「秀樹一家は引っ越している、三階に電気が点いていない」と電話が来た。長男である秀樹のやり方が短絡的でちょっと幻滅した。まるで夜逃げではないか。家族会議レベルの問題なのに、秀樹が一方的に決めてしまっている。

母は母でパニックを起こしつつも、「ワッチも物件を探す」だのと言い張る。「今日はもう遅いし、明日話をしに行くから」と通話を終えた。

あくる日、時間調整をしようと母に電話をすると、何だかもじもじしてはっきりしない。問い詰めると、「今日は不動産屋が来る」らしい。何を考えているのか。どのみち、仕事を終えてからしか行けないので、晩までには業者との用件を済ましておくよう伝えた。

その日の夜、実家へ赴いた。

「あなたもここを出ていくつもりなのに、なぜ秀樹たちを引き留めなかったのか」

「父ちゃんがまだ元気なとき、秀樹が『オレにも家族ができたから、親とは別々で暮らしたい』というのがそもそもの発端で、住める家はあるのに、と怒った父ちゃんが別の所有地に実家を作る話になった。ところがその計画した家があまりにも大きすぎるのでワッチは移ることに反対した。こぢんまりしていたら……。今の状況はプライベートなスペースが無い。孫夫婦は十時頃までテレビを観ているし、ほんとは八時頃から眠くてしょうがないけど、帰れとも言えない」

「だからこそ話し合いが必要で、孫たちに言いにくければ秀樹に言えばよいだけの話。ちゃんとバリアフリーにした部屋もあるのだから、もう休むからと告げて鍵をかければいい」

「ひ孫に『ひいばぁー』などと呼ばれたら無視できない」

「双方で齟齬が生じている。孫たちは良かれと思って頻繁に訪ねることにしていると聞いた。あなたが『ひ孫も見せてくれない』と言うから秀樹は気遣ったと言っていた」

「秀樹の嫁は施設にいる自分の母親と独り暮らしの父親を見ないといけないし、秀樹は病気を抱えている。とてもじゃないけどワッチの面倒までは見切れない。ワッチ独りになれば町からヘルパーが付いて誰の負担にもならない」

情緒不安定の母にしてはやけに理路整然としている。背後に道子の影がちらつく。

「秀樹には当然の話として、『長男であるあんたに仏壇のこともバトンタッチしたい』という話を切り出したら激怒した。秀樹はひ孫が生まれてからようやく、一階に来るようになった。それまでは素通りで口もきかなかった」

「今回のことは双方納得してのものか」

「喧嘩別れ、というか秀樹からの一方的なもので、ワッチは納得していない」

「秀樹が、あなたは道子から電話が来る度に狼狽え、アパートさえ借りれば道子も寄りやすいとの考えをしていると言っている」

「ワッチは道子へ実家に来るなと言ったことは一度もない」

「道子が不治の病などと称するのは、あなたを見捨てるための方便なのに『道子から電話がある度に家を出る、物件を探すとの非現実的な話をしてくる、あちこちでいろんなことを言いふらされていい加減うんざりしている、これ以上悪者にされるのは嫌だ。それならば位牌を持って先に出ていく』とも秀樹は言っていた」

「秀樹はワッチが出て行ったら、自分たちが追い出したと世間に見られると言うけれど、逆は考えないのかねぇ。介護認定されている年老いた親を捨てていったという形になる。むしろ問題視されて子供たちに迷惑がかかることになるのに」

「この実家は、建物は秀樹の名義だが、土地は道子の名義だ。秀樹はそのことにも不信感を持っており、気に入らないみたいだよ」

そして母には噛んで含めるように、道子たちは土地も多数保有しているうえ、相続税は父の預貯金で納め、まったく負担がないこと、今年になって俺の自宅周辺の道子の土地はコールセンターに駐車場として貸しており、年収は八桁になる。それなのに家財道具を売って生活の足しにしろという進言はおかしいと伝えた。

母は「道子も美代子も多恵に支払った五千七百万円と度重なる引っ越し費用、療養費で金が無い」と言い張り、珍しく俺に強く口止めしたうえで、「佐久本という美代子の知り合いがかなりの借金をこさえていて、美代子はその借金を肩代わりしてしまっている。しかもその人に『病気の姉に縛られることはない、私と一緒に逃げよう』と唆されて、逃走の準備金などで美代子自身もかなり借金を抱えることになった。その返済もあるため道子は金が無い。だから大事な家財道具を売って凌いで、との話が出てきた」と言う。

明らかに道子の文脈だ。俺がどれだけ美代子が財産持ちで、保有する土地もきれいなまだと言っても、道子の話こそがこの人にとっては真実なのだ。

「秀樹たちはこの家を出て行ったのだから、道子たちを呼んで一緒に暮らせばよいのでは」と仕向けるが、年寄りと病人二人ではやっていけないと言う。

「道子と美代子が金に困っているというのならば、なぜマンションをひとつ売るなり貸すなりして、二人一緒に住まないのか」と投げかけたら、「すでにそうしている」と反応が早い。

母はこの日も自分への「援助」をちらつかせてくるが、俺としては道子たちも含めたきょうだい間で公平、公正な形であれば援助する。しかし、道子の作り話も、それを信じる母の態度も気に入らない。いずれにしろ家族会議が必要だが、あまりにもきょうだい間がバラバラだ。だから母には期待を抱かせるような言質は一切取らせなかった。

翌日も母から電話が来た。ケアマネージャーに一連の経緯を話したら、ケアマネージャーも「家族で話し合うべきで、秀樹さんの独断的なやり方はよくない」と言っていたらしい。ケアマネージャーから、ヘルパーはすぐに付けられると言われたが、引っ越し先の物件が見つかるまではいらない、と断ったようだ。

母は、家族会議に関する招集の連絡もケアマネージャーに依頼したという。その方が皆応じるだろうからとのこと。

同日、秀樹に電話し昨日の母との話をかいつまんで説明した。

「オレは別に喧嘩したわけではない。独り暮らしをしたいという人が、今朝も六時過ぎに電話してきて、『蛍光灯のカバーが取れそうだから来るように』と妻に連絡があったばかりだ。その都度言うことがころころ変わる。オレがこの前も引っ越しのために梱包用の段ボールを貰いに、いつものスーパーに行ったら、母は屋内のイベント広場で五、六名の連中とはしゃいでいた」らしい。

それから数日を経た早朝に、母から支離滅裂な電話が来た。

「秀樹と話はしたのか」と切り出してきたので、「ケアマネージャーに連絡をさせるとの話はどうなった、それが先だろう」、そう促すが聞いていない。

「ワッチは車がないので、タクシーに頼らざるを得ない。だからスーパーの近くに物件が欲しい。不動産屋からは権利金や敷金を準備するよう言われている」

「その金は誰が出すの」と問うと、別の話をかぶせてくる。これが本来の母で、この前は道子の筋書きに従っていただけなのだ。

「秀樹たちは年寄りを捨てて、飼い犬まで連れて出ていっている」などと被害者のような口ぶりだが、本来、独り暮らしとはそういうことなのだということを分かっていない。ただのわがままである。

「父ちゃんの面倒は四年間も道子だけが看て、他界した直後からはずっと十万円を援助してくれた」と、まるで俺や秀樹が月々援助していた金のことも、父を寝ずの看病をしていたことも無かったかのような物言いである。俺らがしてあげたことは、この人の頭の中ではすべて道子がやったことになっているのだろう。そのことを親戚や友人知人に事実であるかのように言いふらす。

「今日、ケアマネージャーが来るから来てほしい」

「秀樹や道子は？」

「道子も秀樹も誰も来られない、あんただけでも来て」

「俺以外誰も仕事をしていないのに誰も来ない？　俺はこれから出勤で、退勤後も予定がある。第一当事者の秀樹たちがいないことには何の意味もない」と、ケアマネージャーには申し訳ないが断った。

母の誰にでも安直に凭れかかる態度はいい加減にしてほしい。

「あんたはできるから」と無理を強い、「あれはできないから」と、努力をしない者はとことん甘やかす。結局、ケアマネージャーも多忙なため、来なかったらしい。

翌日秀樹に電話すると、物件探しと引っ越しでかなり疲れが溜まっている様子が窺える。

「母ちゃんの支離滅裂な話と、親戚中にオレが悪いかのような、同情を買うようなやり方で言いふらされるから精神的にも参っている」

「母ちゃんは足がないからやむなくタクシーを使っているのであって、無駄遣いはしていないと言っていたよ」

「スーパーでもどこでも、ほぼ毎日、オレの妻が連れて行っているが、ときたま行けないことがある。それを殊更強調して言っている。母ちゃんが家を出たい理由も、道子たちを引き寄せたいのと、スーパーで知り合いたちと好きなときに遊びたいからだ。

　オレらが実家を出て行ったから、母ちゃんの望み通り道子たちも呼べるし、ヘルパーも付けられる。それなのにヘルパーを断わっている。意味が分からない。そして『道子たちは来られない』などと意味不明のことを口走る」

「道子に何か言い含められているのかもしれないね」

「母ちゃんに『あんたは道子たちに捨てられているんだよ』と伝えても、『道子と美代子は病気の治療のために、良い医者のいるところに移り住んだだけだ』と言い張る」らしい。

　それから二日後、母から俺に「もうあきらめてワッチはここで暮らしていく決心をした。何かあったときは、何時だろうと電話するかもしれないのでよろしく」と言ってきた。

9

　秀樹から電話があり、「今日、息子の勤める職場に至昭さんが訪ねてきて、『あなたのお父さんと連絡が取りたい』と言ってきたようだ」

「母の件で話を聞きたい、というのであれば俺も同席するよ」

　秀樹にはそう伝えた。こんなことで巻き込み至昭さんには心苦しいが、この際事情をすべて打ち明けようと思う。秀樹の説明によると、「母ちゃんは至昭さんに『２ＤＫでいいから探してほしい、実家は他人に貸す』と言ってきたらしい。至昭さんは不動産屋ではないし、ただでさえ忙しいのに」と憤っていた。母は実家に住み続ける決心を早くも覆している。

「母ちゃんはいつだって思いつきと、その時々の快、不快でものを言い、気遣いはまるで無い」

「これまで望む通りのことをしてきてあげたのに、父ちゃんに対してなのか前田家に対してなのか、何かの恨みを晴らそうとしているようにしか思えない。とにかく近々に至昭さんに電話してみる」と言っていたが、秀樹の息子に第二子が生まれ、バタバタして至昭さんには電話をしそびれたようだ。

日曜日、母から電話がきた。

「多恵はあんただけでなく、道子たちや秀樹も訴えると息巻いている」

「何の廉で訴えるのかね」

「お金が無いからだって。多恵は現在、絹姉から三十万円借りているって言っていた」

道子は絹姉からの借金は二百万円と言っていなかったか？

「和解金の三千七百万円はもう使い果たしたってことだよね」

「車での通りすがりに見かけた『売地』を八百万円で買ったようだけど、境界で揉めている問題のある土地で、結局その後、売りに出しているけど買い手が中々つかないみたいよ」

「金遣いの荒さは昔から知っているけど、調べもせずに土地を買うとは……多恵にとって数百万円程度の買い物は、コンビニでアイスでも買うような感覚なんだな」

土地は売り買いする度に税金が付いて回ることすら考えたことがないのだろう。無駄だらけだ。母が本題を切り出してきた。

「きのう体調を崩して、秀樹の嫁に病院へ送らせた。年寄りの独り暮らしがいかに大変なことか。話がしたいから今から来てほしい」

「独り暮らしがしたいと言って、秀樹を怒らせたのはあなただよ」

「至昭にも相談した。元の暮らしに戻してほしいというのがワッチの本音、もう一度きょうだい集まって相談してほしい」

「これまで散々、『百パーセント自分の思い通りというのはない、話し合って双方で落としどころを見いだそう』と提言しても聞く耳を持たなかった。今回の結果はあなたが望んだこと、独りになればヘルパーも付くと言ったのはあなたでしょ」

俺がそう言うと、とたんに情緒を絡めた話に訴えてくる。無視した。

「きょうだい集まってと言うけど、その中には道子たちも入っているよね」

「あの二人は病気でそれどころじゃない」

「この前から診断書を見せろと求めているが、のらりくらりと逃げ回る。せめて『お薬手帳』でも見ない限りは信用できない」

きのうも遠方から嫁を呼び出して病院へ連れていってもらいながら「年寄りなのに捨てられた」などと言う。嫁や息子には面倒をかけながら、それは当たり前のこととしか思っていない。話の途中、着信があったらしく一方的に電話を切られた。すべて自分の都合優先だ。

翌週の土曜日、庭作業をしているとだしぬけに至昭さんが訪ねてきた。

「あなたのお母さんから相談があって、直接会って話を聞いてきた」と前置きしてから、

「住所を確認したらいずれ秀樹君にも会いに行くが、道子さんに電話をしたらあなたと話した方がよいと言うので来た」

道子は人の都合も聞かず、平気でこういうことをする。

母には家庭内のいざこざを他人様にさらけ出して迷惑をかけるな、と強調しても絶対に聞かない。これに乗じて道子は様々なやり口を仕向けてくる。

前田家の女たちは自分の都合で何でもやる。その身勝手さに、俺を含めていろんな人が振り回されている。母が同情を誘う形で至昭さんに相談している様子が目に浮かぶ。

「兄の秀樹は、体調が悪いのに母のわがままのせいで、ますます苦しくなってやむにやまれず引っ越したのです」

「だからといって、年老いた親を置いて息子の方が出ていく、というのは世間体からしてもいかがなものかな」

「独り暮らしをすると言い出したのは母の方であり、望み通り独りになると、怖いだの不安だのと言い出す。『独り暮らしとは本来そういうことでしょう』と諌めても、その時々の思い付きで言葉を発するから矛盾だらけで、それに振り回される秀樹が癇癪を起こすのは当然です」

俺の言を聞いて至昭さんは少し考え込んでから、「秀樹君の三男は独身で現在無職だよね。上階に彼に住んでもらえばお母さんも安心するんじゃないか」との提案があった。

「秀樹に伝えてみます。いずれにしろ、母を交えてきょうだいで協議をする予定で、連絡を取っているところです」と伝えると、至昭さんはほっとしたように、「協議の後に何かできることがあったら相談に乗るから」と言い残して帰っていった。心苦しいがありがたい。

至昭さんが訪ねてきたその日に秀樹から電話が来たので、先週の母の電話内容と至昭さんが来宅した件を話した。きょうだい間の協議について秀樹は躊躇していたが、渋々承知してくれた。秀樹の三男は至昭さんが提案するまでもなく、一日おきに実家に泊まっているらしい。

「母ちゃんのやり方は腹立たしいが、オレだって親を捨てたわけじゃない。レンタルのベッド代、車椅子代そして公共料金も月々の小遣いも引き続き出している」

そういえば、秀樹の三男が実家の窓の開け閉めをしていると母は言っていた。これだけやってもらって何が不満なのだろう。

秀樹は依然として「母ちゃんはお前にも嘘を吐いている。道子を寄せ付けたいというのが本音で、『元の暮らしに』云々は多恵が最近、頻繁に実家に来るようになって荒れ狂うからだ。母ちゃんが面倒をかけたり利用したりするのはオレたち、愛しいのは道子。もはや実家に戻るつもりはない」と、吐き捨てるように言う。

確かに母は昔から後先考えず、誰彼構わず思っていることを言いふらすし、刹那的な生き方で、誰にでも安易に頼る。我慢することがまったくできないし、すぐに狼狽えてパニックに陥る割に無頓着で無神経、そして情緒不安定だった。

母に、至昭さんの来宅と秀樹へ電話したことを伝え、「俺は土日か、夜七時以降であれば空いているから、秀樹にはあなたから声掛けして」と言うと、「あんたからやってほしい、秀樹は恐い」だと。当事者意識がまるでない。

ちなみに至昭さんは先日、母を訪ねた際に弁当や果物を手土産に持っていったらしい。そんな義理はないのに、ますます母へ腹が立った。誰が原因と思っているのか、この人は自分のことしか頭にない。

その後数日間、秀樹と連絡がつかず、その間に我が家には至昭さんが来た。文子が対応しているが、母は「体調が悪くて点滴に行きたいけど、自力でタクシーを呼んで行って来ようかねー」などと、わざわざ至昭さんに電話口で言った様子。至昭さんからは、民生委員やスーパーで知り合ったお友達に家族の話を暴露するのも何だし、世間体もあるし早急に家族会議をした方がいい、とのニュアンスの話だったらしい。

母から、早く話し合いを持ってほしいとの電話があった。俺は母に尋ねた。

「当事者全員入れて話をしてほしいのか、あなたは参加せずにきょうだいだけでやってほしいのか」

「きょうだいだけで」

この人は物事を何も解決しようとは思っていない。自分の思い通りにさせてくれるのが「誰か」を決めろと言っているだけなのだ。仮に協議が整い、決まり事をその場では了解しても、おそらく守ることなく至昭さんを頼るのだろう。

そうであれば、度々面倒をかけ心苦しいけれども、至昭さんを協議の場に呼んで証人になってもらい、物事を明確にした方が今後迷惑をかけないためにも良いのかもしれない。

同日、遅い時間にようやく秀樹と電話が繋がったので、うちに来てもらった。俺も秀樹の引っ越し先を知らないのだ。秀樹はまたしても、話し合いも至昭さんへのお願いについても渋っていた。しかし、このままだとひずみは全部こちらにくる。

「母ちゃんは至昭さんの前では終始うつむき、オレらだけが喋っていかにも年寄りをいじめているような図を作るだろう」

「でも、このままだとまた至昭さんを頼り、かえって迷惑をかけることになるよ」

「それなら今から母と話をしてこよう」

「ちょっと急すぎないか、時間も遅いし」

「お前今日の昼、母ちゃんから電話で『きょうだいでどうにかしてほしい』と頼まれたと言っていたよな。あの人はお前との電話の直後にいつもの大型スーパーに遊びに行っているよ。実は昼過ぎに様子を見に実家に行ったら母ちゃんは不在で、ちょっと買うものがあったから、件のスーパーに寄ったら、お仲間たちと和気藹々とやっていたよ」

そこまで言われると行かないわけにもいかず、まだ寝ていないことを願って実家へ赴いた。母は起きていた。「今日の話の内容は記録して、至昭さんに見てもらうことにしているから、嘘を吐いたりその場しのぎの言い逃れはせず、どうしてほしいのか正直に、本音で話してほしい」と俺は釘を刺した。

「元の暮らしに戻してほしいと言えばよかったのに、ワッチの伝え方が間違っていた」などと今さらなことを言う。

俺が秀樹に、「引っ越し先の借家の契約更新時をめどに、実家に戻ってくる意思はあるか」と尋ねたところ、「十年更新だから」とそっけない返答。母は結局、「ワッチはこのまま、この家にいる」と明言したが、おそらく納得はしていない。

至昭さんには、息子たちが怖くてそう言うしかなかったと泣き落とすだろう。それならそれで構わない。至昭さんに協議の場に立ち会っていただくだけの話だ。

俺から「道子のこれまでの作り話に翻弄されてきた。重篤な病気というのも診断書を見ない限りは信用しない」と言うと、母は即座に「道子は至昭さんに診断書を渡すと言っている」と、もうその場しのぎの嘘を吐く。加えて、「みんなが（俺、秀樹、道子の三人だけを指している）ワッチの援助をしてくれるのであれば、近くのアパートの部屋が空いているのでそこに住みたい」と俺も秀樹も初めて聞く話を持ち出してきた。

「三人だけでなく、他のきょうだい全員が等しく負担するというのであれば構わない。しかし後になって、やはり実家住まいが良かったなどと言っても通る話じゃないよ」と俺が言うと、黙り込んだ。まったく信用できない。その時々の気分で言うことがころころ変わる。

話の流れの中で、多恵は絹姉の持ち家に関して、絹姉の死後は自分に譲れと言っているらしく、この話は母が絹から直接聞いたとのこと。絹姉は「この家は父さんとの約束で、長男に戻すよう言われている」と断ったようだ。

10

一週間後、秀樹から連絡が来て、第一声が「至昭さんから電話がなかったか」だった。母がまたも騒いでいるらしい。身内を飛び越して今回も至昭さんを呼び出していろいろ言っているようだ。電話番号を母から聞いた至昭さんが秀樹に電話したらしい。

今回は「お金が足りない」「台所と居間をリフォームしてほしい」という二点が主題らしいが、なぜそんな話を関係のない至昭さんに訴えるのか、何が狙いなのか訳が分からない。至昭さんも嫌だろうし、息子たちがどれだけ迷惑を蒙るかなどには思い至らないようだ。こちらには母からも至昭さんからも音沙汰がないので静観することにした。

そんなことよりも、秀樹からのもう一つの用件、絹姉が救急搬送されたこと、こっちの方が大事で病院へ直行した。絹姉が頼りにしている、従兄弟の長谷川さんが救急車を手配してくれたらしい。

秀樹によると、絹姉は道子を当てにしていて、道子の電話番号を教えてほしいと秀樹へ聞いてきたらしいが、勝手に教えるわけにはいかず、かといって道子にそのことを伝えても、自分に関する別の話ばかりして煙に巻くらしい。責任を負いたくないのだ。

絹が道子を当てにするのは、連れ子同士だからなのか。あるいは俺ら男より女性に看護してもらう方が何かと安心で都合がいいからなのか。それとも道子に言いくるめられているからなのか。真相は分からない。

ところが、俺と秀樹が病院に到着するのと道子が帰るのとかち合った。道子は母を捨てて、自分は一等地の超高級マンションで暮らしながら、秀樹が実家を出たことを批判し、「あんたには母ちゃんのことが何も分かっていない」などと言うので、秀樹は「なら、分かっているあんたが見ろよ」と言い返していた。

絹姉の病室の移動があり、これがあるから道子たちは俺たちが来るのを待ち構えていたのだ。絹姉の容態としては、貧血と口内炎が辛いようだ。問わず語りで、「財産狙いの多恵に、最近は頻繁に食事に連れ出されていた」らしい。

絹は一言、「多恵は高級レストランにしか行かない、贅沢だ」と呟いていた。もちろん支払いは絹だ。病院から引き揚げようとした矢先、秀樹に着信があり、至昭さんの実母が他界したとの連絡だった。通夜に行ったら臆面もなく母が来ていた。至昭さんはこんな大変な状況だったわけだが、母は私的なくだらない用件で頻繁に呼びつけていたのだ。

至昭さんのお母さんの繰り上げ法要に秀樹と行ってきた。至昭さんのお母さんは教育者であり、優しくて気さくな方だった。詮ないことだが、至昭さんが育った立派で健全な家庭はちょっと羨ましい。

秀樹をそのまま我が家へ連れてきて、少し話をした。

「多恵は弱っている絹姉の財産を狙っているが、絹姉は『父さんとの約束で、財産は長男に戻すことになっている』と毅然と断ったようだよ」

喜ぶかと思ったが、秀樹は「多恵に逆恨みされる」と迷惑そうだった。

「二日後には教団側も交え話し合いを持つことになっている」

「別に教団を関わらせなくても葬儀屋に聞けば、各種の宗教の葬儀もやると思うが」

「手配してくれた長谷川さんの顔は立てねばならないだろう」

「それもそうだな、参加するよ」

教団の方々を交えて話し合うため病院へ赴いたが、これに先駆けて主治医から絹姉の現況について説明があった。

「宗教上の理由から輸血もできないし、免疫力がどんどん落ちて薬は効いていない。いつ容態が急変してもおかしくない状態にあります。ご本人も覚悟はしているようで、延命措置も救命措置もやらないでよいことを確認しています」

我々からは何も言えない。本人の意思を尊重するしかない。主治医の先生に秀樹が、「苦痛だけは取り除いてもらいたい」とだけ声を絞り出した。

話し合いは教団側からは、大城忍、貴己子夫妻。こちら側は、絹の従兄弟の長谷川さん、身内として秀樹と俺。「死」を前提とした協議は気が重いが仕方がない。

先ず、呼びかけ人である長谷川さんが確認したいことを一通り述べた。質疑はその後にしてほしい、ということで俺はきちんとした方だという印象を受けた。後で秀樹に訊くと、長谷川さんは公務員だったらしい。絹とは幼少時、一つ屋根の下で姉弟のように育ったらしい。

話し合いで合意した事項は、親族側と教団側との役割分担だ。死亡届や火葬許可などの手続きは当然こちらで対応するが、葬儀については絹の意思を汲んで教団式とした。つまり、香炉、香典、喪服なしで、喪主も立てない。もちろん焼香はなく三十分程度の講話、というか説法を教団の会館で執り行うということなどを決定した。

長谷川さんが「絹に確定申告の手続きを頼まれている。これは責任をもってやりたいが、年金の書類や過去の申告書が無い。家探しをしたいが、家の鍵を持っている教団の貴己子さんも一緒に入ってほしい」と言う。長谷川さんは道子を当てにしていたが、のらりくらりと言い訳し、応じてもらえなかったらしい。

それから四日後に絹は他界した。「遺言書」はあったが、葬儀に関することのみで、遺産をどうするかについては何も触れられていない。

俺は主治医から「死亡診断書」を受け取ったが、亡骸は葬儀社が自宅まで運ぶため、「誰か死亡診断書を持って同乗してほしい」と葬儀社の担当者からあり、居合わせた関係者がそれぞれ自家用車で来ていたので、必然的に美代子の運転で来た道子が葬儀社の車に乗ることになった。そのためいったん預かった「死亡診断書」を道子に渡した。態度と雰囲気で嫌がっているのを感じた。

絹宅で遺体を安置し、そのまま葬儀社と打ち合わせになった。葬儀社の担当者、長谷川さん、教団の大城忍さん、俺の四人で十分なのに道子まで加わってきた。葬儀社の担当者が「死亡診断書を見せてもらえますか」と言うので、道子に出すよう促したら、「ウチは受け取っていない」と言う。

この女は先ず否定と咄嗟の嘘から入る。どこまで責任逃れをしたいのか。

案の定、美代子が預かっていた道子のバッグから出てきた。長谷川さんが俺に「彼女が貴方から受け取るのを確かに見た」と耳打ちした。

火葬して遺骨を渡すまでが葬儀社、その後は教団方式に則って行うことを確認した。

打ち合わせも済まないうちに続々と人が集まってきた。膝痛で不在の秀樹や、母が勇み足で連絡しまくったようだ。香典は宗教上の理由からいらないといちいち伝えねばならず、中には「葬儀は親族だけでやるべきで、宗教関係者は入れるな」と言い出す親戚もいる。

故人の遺志で遺言書にも明記されている、と告げたら、「遺言なんか関係ない」とまで言う。この際なので集まった人たちに声高に「先ほども申し上げましたが香典不要、喪服もできればやめてください、手を合わせることも禁止です」と伝えた。

俺はその日、「火葬許可証」を役場へ取りに行ったり、諸々の手続きをしたりして忙しいのに、秀樹は不在、道子と美代子は一切手伝おうとしない。それどころか、俺が奔走している間に道子は、多恵に対する絹の借用証を勝手に多恵に返してしまっている。

多恵の心証を良くしようとの狙いだろうけど、ろくなことをしない。借用証も相続財産だ。

葬儀の日、あれほど周知したのに親戚は皆喪服だった。これは強要できることではなく仕方ない。それより、出棺間際に突然母が車椅子から立ち上がり、自分の胸を指さし、「道子はここが悪くて、今日は来られない！」と何かに取り憑かれたように大声で叫びだした。制止しても止めない。集まった親戚からすれば長男の秀樹が喪主との認識だから、膝痛で来られない秀樹のフォローをするべきなのに、この人にとってはやはり道子だけが我が子なのだ。

そもそも道子がいないからといって誰が気にするというのか。しかも、出棺で外に出たとたん、道子と美代子は玄関わきに立っていた。前日の打ち合わせに参加していながら喪服姿で。教団に対して尊重する気持ちが微塵もない。

火葬場でも道子たちはじめ、誰も点火に及び腰でやろうとしないから俺がやった。そのとたん道子は親族の群れから離れ、向こうを向いて肩を震わせるという演技をした。泣くという感情がどういうものか知りもしないくせにと、俺は内心で毒づいた。何はともあれ、長谷川さんと教団の方々、秀樹の嫁と長男の協力のおかげで無事葬儀を終えた。

翌日、長谷川さんから電話があり、近々に絹の主治医へお礼に行きたいと言う。

「一緒に行きましょう。昨日、道子さんにも打診したら『行く』との返答だったから、貴方の方で道子さんと日程調整してもらえませんか、私は合わせますので」ということで、道子に電話したが、こちらが尋ねたことには答えず、「絹姉は秀樹に財産の話をしたがっていたが、秀樹は絹姉が入院してから他界するまで一度も会っていない」などと嘘を吐く。

「行くのか行かないのかどっちだよ」

「長谷川さんから『一緒に行きましょうねぇ』と言われた」と、こんなことまで逃げ口上的な答え方をする。

埒が明かないので、強引に二日後の朝にした。一応日程の連絡はしたのだから、来たくなければ別に来なくてもいいのだ。むしろ来ない方がいい。

その日の夕刻に再度、長谷川さんから電話が来た。絹の確定申告のために動いているが、税務署から相続人でないと手続きはできないと言われたらしい。本来、前田家の人間がやるべきことだが、長谷川さんは絹との約束であることと、幼少期の頃の特別な思いがあるからと奔走していただいていたが、やはり限界があるようだ。

そこで、俺が引き継ぐことにした。病院で会うときにこれまで集めた書類を受け取ることになった。併せて、一連の書類収集費用や立て替えた実費分はきちんとお返しすることも伝えた。長谷川さんには本当に感謝である。

当日は早めに病院へ行き、先に支払いを済ませた。長谷川さんは約束の時間より十五分も早く来た。律儀な方である。

道子にメールしたが返信はなく、約束の時間に少し遅れて美代子と共にきた。病院スタッフへ用件を伝えたが「先生は外来の対応で忙しいので、お礼に見えていたことを伝えます」とのことだったので、「スタッフの皆さんで」と、手土産の菓子を渡した。俺の自腹で準備したが、こういうときに道子たちは知らんふりを決め込む。

病棟の娯楽室で、確定申告に必要な書類一式を受け取った。その際に長谷川さんから、絹の前回の入院から今回の入院に至るまでの経緯と説明があった。

その端々で道子が自己正当化する話を長々と挟んできてうるさい。品も節度もない。「間質性肺炎」に罹っていると出鱈目を言い、「うちはきょうだい仲が悪いので」と長谷川さんが聞きたくないであろうことまで喋る。俺は内心（原因は誰だよ）と舌打ちした。

雑談する中で、長谷川さんから「この前、教団の貴己子さんと書類を捜していたら借用証が出てきて、なるべく見ないようにしたが、確か『多い』とか、『恵』とかの字が見えた」との話が出た。

すかさず道子が俺に向かって、「借用証はあんたが役場に行っている間に、多恵がやってきてふんだくっていった」と見え透いたことを口にし、「自宅は美代子に譲りたいと絹姉は言っていたが断わった。今にして思えばかわいそうなことをした」と言う。

さらに、入院中は絹姉から「バッグにお金があるから、それを使ってと言われたが、『絹姉は多恵に大金を貸していて、それに比べたら微々たるものだから』とウチのお金で衣類などを買いそろえた」などというアピールも長谷川さんにする。

許せなかったのは「絹姉は一回だけウチと美代子の前で泣いた、父でさえ何度も泣いていたのに」などと死者である父と絹を冒瀆したことである。この女の父親の血なのだろうか。何しろ道子の父親は妻子がありながら、十代の母を騙して孕ませた輩だ。

しかし道子のそばで黙って聞いている美代子が一番悪質かもしれない。当初は道子の作り話に洗脳されているのだろうと思っていたが、身近でさんざん道子の嘘を見聞きしているはずだ。それでもずっとくっついている。利害が一致しているのだろう。

長谷川さんが書類探しは難渋したと説明している途中で、道子が「ウチは通帳も見ていないし、小銭があることも知らない。父のときに痛い目に遭っていますから」といちいち癇に障ることを言う。人様にする話ではない。しかも何も見ていないと言いながら、どうして小銭や通帳のことが出てくるのだ。

長谷川さんを病院駐車場で見送った後、道子が「預金口座の凍結はしてあるの？」と聞いてきた。父ときょうだいたちを騙し、前田家の土地も預貯金も根こそぎ分捕っただけあって、相続に関してよく知っている。

絹の確定申告はどうにかやり終えた。相続税は発生しない。ただ、前田家の家系と相関関係は複雑で、相続手続きはまだまだ道半ばで骨が折れる。

遺品整理もせねばならず、俺と妻、秀樹夫妻の四人で絹宅に集まって相談した。俺は業者に頼むかと提案したが、秀樹から「自分たちでおいおいやっていこう」ということで、連絡を取り合って進めていくことにし、その日はある程度の片づけをしてから解散した。

11

前田家の実の娘たちは、遺品整理についてどうするのかなど何も訊いてこない。手伝うつもりは毛頭ないのだ。特に道子は何を探ろうとしているのか、つまらない電話はしてくる。「相続が決定するまで、絹宅にあるものはすべて相続財産」などと言う。

俺や嫁たちが先に手を付けたと言いたいのだろうけど、俺が「確定申告のため書類を集めてきたが、絹姉は高齢なうえ体調も悪かったせいか、書類も衣類もぐちゃぐちゃにしまわれている」と言うと、「それはウチもよく知っている。何度も片づけてあげて、車のトランクに詰めてウチのマンションのゴミ集積所に捨てて、管理人から怒られたことがあるくらい」などと、矛盾したことを言う。

そのことを秀樹に伝えると、「オレたちより先に確定申告の資料を探すため、善意で長谷川さんと教団の貴己子さんが触れている。片づけの手伝いも何もしない前田家の女どもにとやかく言われる筋合いはない」と一刀両断、まさしくその通り。

俺が中心になって（この件に関してはほとんど俺一人しか動いていない）、相続に関する一回目の協議を行った。絹の資産状況が分かる前年の確定申告書を示しながら話を進めた。

各々の考え、希望を確認する段階で、道子がいきなり多恵を真っ先に指名した。多恵は「できることなら土地を全部欲しい」と主張した。道子と美代子は、「法に則り、相続持ち分」を主張した。絹宅については、土地が秀樹名義なので、秀樹が相続することを全員で確認した。

多恵は「全部長男にという話だったら、遺留分を請求するつもりだった。持ち分を貰えるのであれば」と了解した。秀樹に目をやると安心した様子だった。

絹と父との約束があるし、長谷川さんも長男に戻すという理解だったから、秀樹が「自分に戻す」と言ってくれれば断固として援護するつもりだったが、やはり大らかというか弱い。秀樹には五人も子がいるのだ。独り者なのに欲深な道子たちには負けてほしくなかったが、しょうがない。

雑談の中で道子は「ウチたちは恐くて絹姉の家の中については何も見ていない」と言いながら、舌の根も乾かないうちに、「スーパーの『商品券』はどうなったの」と鬼の首を取ったように聞いてきた。

「どうして、そのことを知っているの」と訊いたら目を逸らし、聞こえていないふりをする。商品券は葬儀の最中、絹宅の家具を一時的に預かったり、駐車場を提供してくれたりした親戚への御礼の菓子代に使ったのだ。

「そんなことより、多恵の絹姉からの借用証はどうなった？　長谷川さんには多恵が奪い取っていったと言ったよね」と道子に問い詰めると、何やかやと取り繕ろうとするが、ある意味正直な多恵が「何で隠す必要があるの」と道子が渡したことを認めていた。

俺が美代子に向かって「あなたの病気はなんだっけ」と訊くと、即座に道子が「そんなこと聞かないで！」と遮った。

「あんたには訊いていない。それより借用証の件はどう始末をつけるつもりか、債権も相続財産だぞ」と詰ると、道子は自分の病気の話にすり替えようとする。

「前から散々言っているように診断書を見せれば済むことだろう」

「町とのもめごとの対応を頼んでいる町会議員には見せた」

道子はこんな嘘が通るとでも思ったのだろうか。

今日も母のいる実家にみんなを集めたが、道子が反撃を仕掛けるように「ここを利用するのにあんたは母ちゃんに何も伝えなかったの」と詰ってきた。

「俺はたった一人で確定申告の手続きやら、あなたたち全員との日程調整と連絡までしないといけない。そこまでは手が回らない」と言うと、「あれ？　母ちゃんは今日のことを知っていたよ、何で変な嘘を吐くの」と、道子は多恵に突っ込まれていた。

道子は「長谷川さんと彼のお母さんから『絹は財産を全部あなたに譲りたいと言っている』と言われたが断わった」と別の話に変えてきた。この話は後日、絹の確定申告完了の報告のため、秀樹と共に長谷川さん親子を訪ねた際に直接、ご本人たちに確認した。道子はやはり嘘を吐いていた。加えて「自宅は美代子に譲りたいと絹姉は言っていたがこれも断った」などと長谷川さんに吐いた嘘をここでも披露する。

そばから美代子が「病院でそう言われたけど、土地は秀樹の名義だから揉めるのが嫌で断った」とフォローする。事前に示し合わせてきたようだ。後々に何かを仕掛ける計画なのだろう。

多恵は俺がこの相続を勝手に進めようとしていると思っているようだ。噛んで含めるように、「最終的には各人が納得したうえで遺産分割協議書に署名と捺印をするわけだから、誰かが得をしたり勝手にどうにかしたりできるわけがない」と諭すが、理解しているかどうかは分からない。

ただ、「何でみんな莫大な財産を貰っているのに、誰もうちに分けてあげようっていうきょうだいはいないの。みんな欲張り」などと、多恵は自分がやってきたことは一切無視して喚く。本音を言えば、秀樹が自分のものだと主張するのであれば、俺も相続放棄し、全面的にフォローもする。しかし秀樹は逃げ腰だし、道子たちの出方をみての判断だ。

現に道子は、「あんたたちと、どういう争いになっても『合法』だからね」と、この日も殊更に強調するし、多恵に俺らの持ち分を譲ったら、感謝どころかその金で裁判を起こすだろう。

12

絹の死去に伴う一回目の相続協議から僅か四日後に、裁判所から二度目の調停となる「訴状」が届いた。俺だけが対象ではなく、前回の調停のときと同じ四人、つまり俺、秀樹、道子、美代子だ。今回は「生前贈与分も遺留分に含まれる」とした内容になっている。多恵は弁護士を刷新し、前回と異なる事務所になっている。

翌日秀樹から電話が来た。

「多恵に電話して確認したら、『前回の被告をセットでしか訴えられないと弁護士に言われたから』と言っていた」

「物事をまるで理解していない。金さえ取れれば誰でもいいのだろう」

「多恵は道子たちから六千万円相当の軍用地を取ると言っていた」

「どうせ根拠もへったくれもなく、感覚だけでほざいているだけだろう。それよりも、どうやってみんなの生前贈与分を調べたのかな」

「公文書館まで行って調べたらしい。ちなみに前回手にした三千七百万円は使い切って手許には無いって言っていた」

「俺が贈与された軍用地は、俺が本土から引き揚げてきたときに初めて父ちゃんから譲ってもらったものだが、贈与税は俺が納め、固定資産税もずっと俺が納めてきた。父ちゃんは『自分が使える金が無くなるから』と名義だけ移して、その軍用地料を享受していたのは、仕事もせず前田家に寄生していた道子と、父の援助を受けていた多恵一家だ。そのため書類上、俺の所得は増えた形になり、三人の『子ども手当』は受けられなかった」

「ひどい話だ。オレは長男なのに地上権付の土地を贈与され、お前も知っているように、税務対策のため、やむなく会社を辞めてアパートを建てることになった。道子たちはまったく汚れていない土地をたくさん貰っている。どれだけ父ちゃんにオレたちを憎悪させるような作り話を道子はしてきたのか」

「公正証書に預貯金は全部道子に相続させるとなっているが、千三百万円程度しか記載されていない。道子と美代子は一等地にある推定六千万円以上の高級タワーマンションを四室購入している。相続税は二人で六千万円、この前の調停で多恵に渡した現金が三千六百万円、合計すると三億円を超す。それなのに抵当に入っている土地はひとつもない。これって脱税ではないのか」

「またもや調停に巻き込まれるかと思うと鬱々としてくるが、道子たちが騙し取った資産状況が、おおよそ判明したという点だけは収穫だよ」

「俺は調停に向けてこれから島崎先生に連絡を取るつもりだ」

「オレは金もないし、弁護士は立てない。欲しければ父ちゃんが（母方の）大屋の叔父さんと失敗した地上権の被った土地を多恵は取ればいい」

前田家の女たちのせいで長男は立場が無い。

それから十日後、「おもいやり法律事務所」を訪問し、島崎先生と面談した。長姉が他界したこと、その相続手続きと確定申告の手続きの途中に、多恵から二度目の調停申し立てがあったことを伝えた。

「訴えは、生前贈与分に対してだが、私については前回の調停で和解に至っていない。多恵側は贈与分と合わせて請求してくるのでしょうか」

「そうすると思います」

「今回も不調に終わった場合、裁判になると思いますが、勝てる見込みは」

「前回の調停で中立人多恵さんは、生前贈与が皆さんにあることを知ってのものなので、錯誤とは言えず勝つ可能性は高いです」

「父は生前、母、道子、美代子と同居生活しており、四名とも無職でした。軍用地料で食べていたことは多恵も承知のことであり、その多恵自身、父から援助金を受けていたわけで、生前贈与について『知らなかった』とは言えないはずです。

ただ訴状を見ると、私と兄のものは明らかになっているが他の二人の分については漏れがあります。町とトラブルになっている土地も漏れています。訴状に出ているものがすべてとは思えません。姉と妹は全部を公開することは拒否するはずで、そうなるといずれ裁判になるのでしょうか」

「道子さん、美代子さんは今度の調停時から弁護士を立ててくると予想され、訴状に載っていない生前贈与分は明らかにしないはずですから訴訟になると思います」

「先の裁判まで見通して、多恵につきまとわれないようにするには」

「裁判によって完全に決着はつきます。ただ、こういう人はそれでも数年後にはお金をせびりに来るでしょう。そのあたりが身内の難しいところです」

その他「多恵さんについて、お母様から証言してもらえば」との話も出たが、母は完全に道子の虚言に洗脳されていること、夫との子など眼中になく、道子だけを庇うことなども伝えた。いずれにしろ、今回の調停は弁護士を立てず、自力で対処した方がよいとの島崎先生の結論だった。

「余計なお金を使う必要はないですし、突っぱねて大丈夫ですから」

島崎先生は頭だけでなく、心でもアドバイスしてくれる。良心的で感謝しかない。

この頃から例の、妙な不安感や焦燥感が強くなりかなり苦しい。職場では十九年いて作り上げてきた部署から初めて異動となり、畑違いの部署へ配属された。ここ数年右肩上がりで部の売上げ、利益とも実績を挙げてきたのに昇進はなかった。

強権的で刷り込みの強い社長の側近であるイエスマンたちの、妬みによる流言を社長は鵜呑みにしたようだ。社長は自室で毎日飲み会をしていたが、その中の一人からそう聞かされた。仕事でもプライベートでも気の休まらない、変なプレッシャーとストレスにいつの間にか神経が蝕まれてきたのだろうか。

そうした中、二度目の調停が始まった。調停を仕掛けた多恵は来ておらず、調停員から多恵の弁護士の話を通すだけ。道子は「前の調停で、遺留分を上回る金額を出して決着したはずなのに、今日呼ばれていること自体意味が分からない」などと怒っていた。

調停員からは「前回、生前贈与分も載っていれば今回の申し立てはなかった」ことが伝えられた。また、「他に記載漏れの財産がありますか」との問いに、俺と秀樹は正直に「資料に記載されたもので全部」と答え、申立人に対して支払う意思はないことを伝えた。道子は質問には直接答えず、「持ち帰って弁護士と相談する」とだけ返答。美代子は「多恵は調べ上げた財産の中身を方々にばらまく、だから教えられない」と補足していた。調停員から、「皆さんの意思は申立人に伝えます」として、この日は終了し、次回は十日後に開くことが告げられた。

調停から数日後、久々に従兄弟の祐輔さんに誘われ飲みに出かけた。この前、調停の結果報告と称して手土産を持って道子が祐輔さん宅に来て、その際に秀樹の妻と俺の妻の悪口を、「ああ見えるけど実は」と散々言っていたらしい。これが逆効果だったのか、祐輔さんも道子の底意地の悪さは以前から感じていたようで、このときの捏造話に対しても「道子さんは知恵がある、と言ってもいい意味じゃないよ、悪知恵だよ」と言っていた。

確かに道子は、父に実の息子たちを恨ませるよう仕向けてきたし、短気な父は怒りのあまり事実確認をすることなく、「この目で見てきた」かのような道子の作り話を信じ、息子たちを憎悪した。絶望した父は、他人である道子と、道子が道連れに選んだ美代子の二人に三億円から四億円と推定される預貯金と二十筆近い土地など、残る財産のほぼすべてを与えてしまった。

今回の調停の資料から判明した事実として、父が生前、俺たち息子に贈与するはずだった土地も道子と美代子に渡っている。

手続きを任されたのは道子だ。父は嘘の吐けない人だ。俺や秀樹が「女たちにも土地を与えてほしい」と何度訴えても「女に財産は一切やらない」と言っていたのに、そのとき、すでに贈与されていた。とりもなおさず、道子が操作し父を騙していたのだ。土地登記簿謄本を確認した結果、年次的にも合致する。

父は三年間の地獄のような闘病の末に他界し、そのしばらく後に道子たちは一等地にある高級マンションを各々購入し住んでいた。多恵が一回目の調停を起こした際に現住所が発覚したとたん、道子と美代子は多恵から逃れるため元のマンションは売ることなくそのままで、タワーマンションまで二室購入している。逃げ回るくらいなら、生涯で使いきれないほどの財産を少しだけ多恵に分ければ何事も起こらないのに、明らかに嫌がらせである。

父が他界したときには「あんたたちは忙しいはずだから、相続手続きは代わりにウチがやってあげる」として、道子に財産を騙し取られてしまったが、今度の場合、絹の財産が小さいからか、手続きに一切関わろうとしない。

道子は、仮病を方々で吹聴し正当化しようとする。今は「間質性肺炎」などと言っているが、依然としてこの病特有のバチ指にもなっていないし、咳き込むところも見たことがない。病気で苦しんでいる人たちに対して何とも思わないのだろうか。

虚言の限りを尽くして父の信頼を得た結果、公正証書で、「自分（父）と母が息を引き取る最後の日まで面倒を見てほしい、それがこの遺言の主旨である」とまで父に言わせている。

道子はそれを回避するため仮病を使い、母の面倒をずっと秀樹に押し付けていたのだ。美代子などは道子を隠れ蓑にして一番おいしい思いをしている。

猜疑心と嫉妬心の塊で、悪意しかないこの二人に友達はいない。きょうだいたちからも嫌悪され相手にされない。誰にも存在を知られることなく、世界の片隅でひっそりと生き、寂しく死に絶える。それで幸せなのだろうか。

そんな生き方なら、むしろ木や草花に生まれてきた方がマシではないか。働かなくていいし警戒すべき人間関係もない。木や草は酸素を作り出し、人間をはじめ生き物の役に立つ。花ならば蜜蜂を介して「ハチミツ」なる滋味に溢れたものを作り出し、人間や動物に喜ばれる。

でも、道子だと植物でもせいぜい魔術などの原材料として使われたといわれる「マンドレイク」にしか転生できないだろう。「レウコクロリディウム」という寄生虫がいる。かたつむりに寄生し、脳を侵略するとやがて眼に移動し、かたつむりの眼は床屋のサインポールのようになり目立つ。そのまま天敵である鳥の目につきやすい高い所へ誘導していく。かたつむりは鳥に捕食され、寄生虫は鳥の中で卵を産み、鳥の糞と共に地上に落ちる。それをかたつむりが食べる、といったことが繰り返される。道子が父にやったことは、この寄生虫と同じだ。そして母が前田家にやったことは「カッコウの托卵」と一緒である。一番でかい道子という別種のヒナが、元々のヒナを巣から落として餌を独占しているのだ。

祐輔さんと会ってから十日経った頃、秀樹から電話が来た。「多恵が『金が無いので絹の預貯金相続分を前倒しで受け取りたい』とオレに言ってきた」とのこと。相続手続きの最中に二度目の調停を起こしておきながら、平然とそんな要求をしてくる。

多恵は母同様、何事にも安易だ。秀樹によると、多恵は金が無いと言いながら離婚した元夫のために新築のアパートを借りてやり、家賃も多恵が支払っていると言っていた。また、多恵との電話は犬の鳴き声がうるさいらしい。生活保護を受けようという人間が高価な室内犬を二頭も飼っているためだ。

多恵は昔から金遣いが荒く、計画性などまるでない。一億円だろうと十億円だろうと、三千七百万円を手にしたときと同じく、あっという間に使い切るだろう。もちろん金がある間は気前よく人々に振る舞うから、そのときだけは好い人だと称賛されるだろう。額に汗して稼いだことがないからできることだ。お金の価値を知らない。

軍用地地主会総会に行ってきた。来賓である町長から、「今後、真っ先に返還されるのは城跡です。数年後には史跡として国指定の重要文化財になる予定であり、国と折衝しているところです。地主さんには不利益にならないようにしたい」との挨拶があった。

城跡のある軍用地には、俺たちきょうだいが絹から相続した土地が含まれている。そうであれば金はかかるが、やはりきっちりと分筆した方がよさそうだ。収用の際、きょうだい間で揉めるのはまっぴらである。絹の相続に関しては大筋合意に達しているので、俺はその日に「相続の進め方」を作成し、きょうだい全員に役割を振った。心身が不調な俺一人で苦労することはない。今後はこれに沿って手続きを進めていく。

秀樹は多恵とは時々連絡を取り合っている様子だ。

「多恵は、道子たちからは三千六百万円貰っているから、生前贈与分を加えても、これ以上は取れないようなことを言っていた。今は、軍用地だけを欲しがっているが、裁判では勝算があるような口ぶりだった。要するに、お前に集中攻撃するのではないか」

「それは多恵の希望であって、裁判は現金でしか決着しない。負けることはないが仮に負けたなら、払うものを払って終わりにし縁を切ればいいだけの話だ」

「今回の調停が不調に終わり裁判になりそうなら、俺らは絹の相続財産を放棄して多恵に譲ると言ったら手を引いてくれるんじゃないかな」

「いや、その金が尽きたらまた難癖をつけて訴訟を起こすに決まっている。これまでどれだけ助けてあげても裁判所では、『何もしてもらったことがない』と平然と言い放ったことを忘れてはいけない」

多恵の目に映っているのは金だけであり、金が得られるならば誰からでもいいのだ。秀樹が多恵と連絡を取り合うことは望ましいことではない。調停の最中であり、先には訴訟も見えている状況で、情報提供するようなことは慎むべきである。秀樹は根が優しいだけに現実逃避で、「ほんとは多恵はいい子なんだ」と思い込みたいのは分からないでもないが、勝手に交換条件を示したりするから多恵を調子づかせている。見透かされているのだ。

13

二度目の調停の二回目が始まったが、中立人の多恵は欠席。道子が調停の主旨と関係のない、多恵に罵倒された話に終始し時間だけが徒に過ぎていく。

「一度目の調停のときに、『和解』であれば税金がかからないと言われたから多額の金を渡した」と、この前はみんなを助けるために贈与税も含めて五千万円を払ったと言っていたのに、矛盾したことを言っている。

どんどんボロが出てくる。しかし、そこを指摘したところで開き直るだけだ。

調停員は、「財産の全貌を明らかにした方がよい。そうしないと同様のことを中立人は繰り返す」と言うが、道子たちが全貌を晒すとは考えられない。

俺は「和解はこれまでの経緯からまず望めないし、全員が全財産を示さない限り正確な遺留分も算出できない。この調停は無理があるし、きりがない」として「不成立」を表明した。美代子も不成立を表明したが、秀樹と道子ははっきりしない。

調停員は「今日の目的だった遺留分の話から外れており、複雑に事情が絡んでいるようだから、その旨裁判官に伝えるので、その間四人で話し合っていてください」と言って退室した。

調停員が出て行ってしばらくして、意を決したように秀樹も不成立とすることを口にした。道子はまだ迷っている様子、背後に何かあるのか。

道子は待ち時間の間に俺に対して、「あんたの使っている島崎っていう女弁護士は最近、独立したみたいねー」とか、「えっ、今回は使ってないの」などとカマを掛けてくる。「親戚から電話であんたについて訊かれた」などと、自分から電話したのだろうが、いずれにせよ道子は俺の周囲を散々嗅ぎ回ったようだ。どうでもいいし、鬱陶しい。

調停員と共に裁判官が入室し、「遺留分に関することだけでなく、いろいろ話を聞いた。法律家にきちんと確認したうえで手続きするのも一方法」との示唆があった。

調停員からも「裁判になると一からすべて明らかにしていく作業があり、費用もかかる。この調停の中で解決を見いだした方がよいのではないか。また、調停結果は裁判の判決と同じ効果がある。訴訟にするかどうかは裁判官の言うように弁護士のアドバイスを受けてから決めてもよいのではないか」との見解が示された。

道子は「弁護士を探すところから始めないといけない」などと白々しく言う。時間の無駄なので、俺は今日で調停を終わりにし裁判に臨みたかったが、他の三人が弁護士の意見を仰いで次回に返答するとしたため、この二度目の調停の三回目を二か月後に開くこととなった。


調停から八日後、絹の相続人全員でこれまで調整を重ねてきた司法書士事務所に伺った。

「きょうだい間の協議が調ったので、今日で遺産分割協議書に各人署名捺印しますので今後の手続きをお願いします」

俺が話し始めると、各々取り決めたことを覆し勝手なことを主張し出した。

馬鹿げている、何なんだ、こいつらは。腸が煮えくり返る思いだった。道子と秀樹は事務所内で言い合いをする。

「あんたの嫁からウチに電話が来て『多恵が可哀想、どうしてお姉さんたちはこんなに欲が深いの』と言われた」「お前の方から電話したんだろう」

「着信履歴を見るねー？」とみんなに示そうとするが確認しようとも思わない。

「これまでそりの合わないきょうだいの間に立って、段取りをつけてきた俺の身にもなってみろ。どうして決めたことをこの場になってから覆すのか」

俺が全員に向かって声を荒らげると、多恵が「この前、絹宅は秀樹が相続することにいったん同意したが、後で秀樹と共有したい、と提案する前に道子たちが帰ってしまった」からだと言う。

「だったらなぜ、司法書士事務所へ予約する前に連絡をしないんだ」

非常識な振る舞いに怒っているそばから、秀樹が司法書士に「この件は後で多恵と話し合って決めます」と言うので、俺はますます頭に来て「今日の話はそういうことじゃないだろ。この前で意思表示は済んだからここに集まっているんだろう。司法書士事務所は暇じゃないし、どれだけ迷惑するか。ここはあなたたちがあーでもない、こーでもないとすったもんだする場所ではない」と怒鳴ると、秀樹は多恵の腕を摑んで外に出ていった。

多恵の「共有」云々は唐突感があったし、どこか演技じみていた。秀樹の曖昧な物言いにすばやく反応したとしか思えない。そして俺が怒っていることもあって秀樹は狼狽した挙句、軽率な行動に出たのだろう。

間もなくして二人とも事務所に戻ってきて、秀樹が司法書士に「決めました」と告げた。絹宅は当初の取り決め通り秀樹名義にするが、多恵に権利の対価として五十万円を渡す。軍用地については秀樹の持ち分は全部多恵に譲るといったものだった。

秀樹は多恵に同調してしまい、「ストックホルム・シンドローム」に見舞われたとしか思えない。余計に怒りが湧き「今後の段取りについては兄貴が引き取れ」と秀樹に投げたら、「オレはもう関係ない」と言ってきた。気は確かだろうか。さすがに道子たちも啞然としていた。

こんな連中に物事を対処できるわけがなく、結局俺が中心になって司法書士と話を進めていった。秀樹はおそらく軍用地を譲ることで多恵の矛先を変えたかったのだろうけど、その程度のものを多恵は屁とも思わないだろうし、理解しているとも思えない。実際には数千万円の評価額になるにもかかわらず。多恵はこれを担保に無駄に金を借りまくるだけだろう。

後日秀樹から、「妻から道子に電話があった件について、確かに発信履歴はあったが、ワン切りによる道子のずる賢い策略によるものだった。また、オレの持ち分を譲ったにもかかわらず、多恵には何を言っても聞き入れない」と予想通りの結果になっている。

「この前、庭作業をしていると俺を呼ぶ声がするので、顔を上げると門口に美代子が立っていた。相続に使う書類を届けに来ているが、母は助手席で道子は後部座席でサングラスを掛けており、寛ぐ感じではなく背筋を伸ばして座っていた。言い知れぬ妖気を感じたよ。前の席にいる母と美代子を思うままに操っているような印象。『魔物』か『化け物』としか思えない。ひょっとしたら道子は実はすでに死んでいて、何かが取り憑いているのではないかという錯覚を覚えるほどの雰囲気を漂わせていた」

「昔、不憫な多恵の娘たちをどこかで楽しませてこいと父に命じられ、道子たちが多恵の娘たちをカラオケに連れて行ったことがある。オレの中学生の娘二人にもついてきてと道子に頼まれ、そこで多恵の娘たちの境遇に関する話になったらしく、道子が『でも、エサだけ与えられている、こんな家畜みたいなのよりはマシさーねー』とオレの娘たちを詰り、二人とも泣いて帰ってきたことがある。道子は鬼畜だ」

秀樹が怒気を込めて言った。


絹から相続する軍用地の分筆手続きのため、土地家屋調査士と面談した。秀樹は自分の持ち分を多恵に譲ったため来ていない。

「真ん中は嫌だ、端がいい」

「あんたと隣同士は嫌だ」

ここでも道子と多恵が対立したが、どうにか取りまとめた。用件が済み土地家屋調査士が辞去すると同時に道子たちも帰った。まだ話すことがあったのにと多恵は憤慨していた。

多恵は案の定、自分が継ぐ軍用地について何の見識もない。「うちはみんなより多く軍用地料を貰えるの」と俺に訊いてくる。もちろんだと答えると、俺に礼を言ってくる。

「秀樹兄が自分の持ち分をあんたにあげたからだ」とうんざりしながら諭すと、「秀樹兄にお礼のメールをしよう」と呟いていた。秀樹はみすみす金をドブに捨てるような方策を採ったわけだ。

14

相続の手続きに煩わされながらも、二度目の調停の三回目がやってきた。驚いたことに多恵は担当弁護士とこの日初めて会うらしい。これだけのことを仕掛けておきながら、当事者意識が無いのか、常識、というより人としての何かが欠けている。

今回は道子たちが来ておらず、一度目の調停とは別の弁護士を頼んでいるようだが、その弁護士も来ていない。ただ申立人の多恵に「意見書」を出してある様子。意見書の内容は、今調停は主旨に対する応答としてなじまないので「不成立」としたうえで、「平成十四年三月に被相続人は他界し各相続人は同年十月に公正証書があることを知ったこと、公正証書の存在を知ったときから一年を過ぎたら異議申し立ての効力はないこと、公正証書は母が皆にコピーを渡していること」等々、自分たちの代理人にまで嘘を吐いている。

男性調停員から、多恵と多恵の代理人に向けて「秀樹さんと竹友さんは不成立ということで、訴訟で構わないとの意思を示しています。先ほどの意見書により、道子・美代子の両名も不成立としておりますので、調停は今日で終わりにしたい」との意向が告げられた。

多恵の代理人が「こちらとしては調停を続ける意思はあるが、なじまないというのであれば、別の方法で解決を」と話しているところに、多恵が「じゃあ、裁判で！」と割り込み、不満をぶちまけてきた。

「前の調停のときはきょうだい全員を恨んでいたが、道子と母の嘘に惑わされていた。調べていく中でどんどん事実が分かってきたので、今は道子と美代子に対する怒りが大きい。数千万円単位の金が引き出された口座もたくさんあったが、母にその話をしたら翌日にはそれらの通帳は無くなっていた」

男性調停員は困ったように、「調停は事実関係を明らかにする場ではないし、議論の前提が違う」とたしなめていた。それでも黙らず、「一切働いておらず、土地活用で儲けてもいないのに億ションを二人別々に二度も買っている」と怒りは収まらない。

「では裁判で証明してください」

うんざりしたように男性調停員は返した。多恵の代理人も「証拠を揃えるのは難しい」と耳打ちするように言っていた。

女性調停員も「公正証書を知っていた云々も水掛け論になってしまうし、調停ではどちらが正しいという判断はできない。出発点が一緒じゃないと成り立たないし、調停の範囲を超えている」との見解を述べた。

そりゃそうだ。調停は落としどころを見いだして「和解」に導くことが目的だ。だから調停の場で、公正証書の件をはじめ道子の嘘や作り話を明らかにしたところで何にもならない。まして多恵は今では道子たちを恨んでいると言いながら、引き続き俺と秀樹まで一緒くたにして訴訟にすると言っている。心情的に理解はできるが、多恵のフォローなぞできない。

道子側が誰も出席していないことに多恵の弁護士は「歩み寄る姿勢がなく、反論を受ける意思も感じられない」と少し憤慨しているような様子だった。調停員もぎりぎりまで道子たちの代理人に連絡を取るべく方々に当たったったらしい。

ところが駆け込むようにして道子たちの代理人が来た。単に日程を間違えていたらしい。関係者が揃ったところで、裁判長が入室した。

「調停での解決は難しいので、本日で調停手続きは終了。今後は裁判等で解決してください」と告げられ、二度目の調停は完了した。

裁判所を出て、駐車場に向かいながら秀樹が「裁判になるくらいなら、多恵にいくらか渡してオレらを外させたかった」と言う。

「それは違う。後々のことを考えると、むしろ裁判できっちり決着をつけた方がいいと思うよ。渡した金を使い果たしたら、またたかりに来るのは目に見えているし、断ったら結局訴訟を起こすだろうよ」

「ひょっとしたら道子たちは裁判が終わったら、どこかに逃げるかもしれない」

「それならそれで縁が切れていいんじゃないか？　あんな連中との時間を生きるほど俺は暇じゃない。多恵もつくづく馬鹿だ。何の落ち度もない俺たちを外せばいくらでも証拠を示して証言できるのに」と言うと、秀樹もうなずいていた。

翌日、絹の相続に関する司法書士事務所への追加支払いの件で道子から電話が来た。これは口実で、前日の調停の内容を探りたいのだろう。一任した弁護士から中身を聞こうにも日を間違えてしまっているからだ。

いろんな話をしてくるが、真実と思える話は「前田家の墓はほったらかしにされて雑草と木が繁茂し、これに遮られて墓が見えなくなっている。母は、隣の墓の所有者である又甥から『何とかしてくれないかねー、木や草が繁ると蛇や百足も出るし』と言われている」ということだけ。あとは「秀樹は『オレには子や孫など守るべきものがいるけど、お前たちに失うものは何もない、多恵に財産を分ければいいのに』とか、果ては『殺されればいいのに』と言っている」だの、「実は美代子の具合はかなり悪く、調停になったとたん薬を大量に処方されている。ウチも骨がスカスカで指の骨と背骨が三箇所折れている」と話が取り留めない。

ちなみに俺が会社からの帰りに実家の墓を見に行ったら、道子が言うほどではないが、確かに荒れ放題だった。これについては確かにどうかと思う。

多恵に絹の相続手続きに要する追加料金の件を話した。「金が無い」と予想通りの返答をしてきた。

「秀樹から五十万円貰っただろ」

「あ、忘れていた」

多恵は秀樹へ感謝の気持ちどころか、金を貰ったことすら覚えていない。今現在、手の中に大金があるかどうかだけが肝心で、誰から、どういう経緯で受け取ったかなど一切関心なし。秀樹は軍用地も金もやりながら与え損。

お盆で実家に行くと、秀樹の嫁がいて少し話をした。この義姉の方が秀樹より内容を理解しており考え方も筋が通っているが、秀樹は墓の件について聞く耳を持たないらしい。

兄貴には、「今のような曖昧な状態だと後々こじれるよ」と意見したことを伝えると、義姉は、「もっと意見してほしい」とのことだった。

義姉によると、「お母さんは相変わらずわがままで、孫たちに向かって『あんたたちはここに戻ってきたらいいさー、ワッチは出ていくけど』といった言い方をする」らしい。子や孫と同居するつもりはなく、いまだに新築の家に住みたがっているようだ。今は、保険のきかない一般のヘルパーをつけているため、割高になるらしいが、これも秀樹が支払っているとのこと。

お盆なのに秀樹が来ないので、電話で話をした。

「もう一度多恵と交渉し、訴訟を取り下げないのであれば軍用地は譲らないと、強硬に出たらどうか」と助言したが、「別にいい」との気のない答えが返ってきた。

墓をほったらかしている件についても、俺が「体調の悪いあなたが全部やる必要はない。息子に仏壇も墓の管理もやってもらったらどうか」と促すと、「考えてはいる。でも、この墓にオレは入りたくない。父ちゃんは生前、道子のことを『悪心』という表現で性格の悪さを知っていながら、実の子よりも他人の道子の方を信用した。許せない」と吐き捨てるように口走る。

「でも、騙されていたのは父ちゃんだけじゃない、俺たちもみんなそうだ。墓を荒れたままにしておくと道子たちを有利に導くことになる。父にどういう感情を抱いていようとも、事情を知らない世間はあなたを悪く見る、誰も道子のせいとは捉えないだろう」

「お前の意見は考えておくから」と話題を打ち切られた。

俺は、絹の預貯金を分配する際に全員の了解を得て、一人十万円、計五十万円を預かり金としてストックしていた。そうしておいて良かった。元々は金遣いの荒い多恵を懸念しての処置だったが、一連の手続きの中で支払いがある度、何度も「預り金で」と言い出す者が出た。

多恵だけではない。道子たちも同様で大して変わらない。預り金はすべての手続きが無事に完了するまでの保険としてのものなのに、まるで分かっていない。司法書士と土地家屋調査士への支払いは別ということも理解できていないし、そもそも物事を整理できていない。

俺から指示されたと嘘を吐いて、多恵が秀樹から回収した金を使い込むという出来事があった。多恵が俺に詫びの電話をしてきて発覚した。生活費が無く、やむを得ずやったという。

使ってしまったものはしょうがない。道子たちや母のような変な嘘を吐かないだけまだましだ。「最後に、預り金で精算するよ」と伝えたら了解した。

一応全員に事の成り行きを知らせたら、美代子が噛みついてきた。「こんなことを許していいの、竹友兄は頭がおかしくなったの?」だと。一見筋は通っているように聞こえるが、ここで突き放して多恵に臍を曲げられたらこの相続手続きは進展しない。そのためにこそ、預り金が効力を発揮するのだ。何も解決できないくせに難癖だけはつけてくる。

母は母で延び延びになっていた秀樹の長男の結婚披露宴についても、「道子を招待しないのであればワッチは出席しない」とごねたらしい。初孫の結婚披露宴なのに。

また、父が息を引き取ったとき、たまたま当番に当たっていた多恵が付き添っていたが、先に来た道子が父の亡骸に向かって、「あんたの息子は誰も来てないよ」と静かに言い放ったらしい。見下すような表情で、冷酷な印象を受けたと多恵は言っていた。

当時の道子と美代子は実家から向かうから、そりゃ早く着くだろう。こっちは仕事中で、病院から遠い会社から向かうから道子たちより遅れるのは当たり前だ。


多恵は、俺を訴える準備をしながら、「消費者金融の人が取り立てに来るのでお金を貸してほしい」と頻繁にメールをしてくる。もちろん無視しているが、どういう神経をしているのだろう。そのうち、「あんたを訴えるための弁護士費用が無いから出してくれない？」と言いかねない。

15

夜、自宅でテレビを観ていると、だしぬけに視野が狭くなっていき、動悸も激しく、形容しがたい焦燥感と閉塞感に襲われた。同時に暗黒の淵に吸い込まれていくような度しがたい絶望感。苦しい。息が詰まる感覚。これまでの苦しさとは桁が違う。

俺はこのまま発狂するのかと絶叫したくなる。底の見えない不安にも苛まれ、胸を掻き毟りたくなる。意識が飛びそうな中で、しばらくすると徐々に治まっていった。とはいえ気分は最悪で陰鬱だ。何なのだろうこの症状は。今後もこういう嫌な感覚に襲われ続けるのかと考えると、暗澹たる気分になり塞いでしまう。

職場ではさらに異動があり、しかも降格だ。何も落ち度はないのに。家では妙な症状はますます頻繁に起こるようになり、「自裁」の二文字が頭に浮かんでくる。

死にたいわけではないし、死ぬこと自体はさほど怖いとは思わない。この症状に襲われたときの辛さ、苦しさが死を希求させる。ひとたびこの症状に捉われると、誰にも助けてもらえないといった絶望感と窒息感に襲われる。

周りには誰かいるのに、誰にもこの苦しさを理解してもらえないことへの不安。閉所恐怖症の人ならイメージしやすく、理解してくれるのかもしれない。俺の症状は、実際に閉じ込められたわけではないのに、海底で故障した真っ暗な潜水艦の中に一人だけ取り残されたような息苦しさからくる、矢も楯もたまらない焦りと閉塞感なのだ。

もちろん理屈は分かる。頭では安全だということは理解している。でも、自分ではどう対処しようとしても、どうにもならないのである。この年の人間ドックでも異常は見当たらなかった。意を決して、「心療内科」を受診した。これまで受診を躊躇していたのは、予約の段階で「数か月待ちです」などと告げられようものならたちまち強い発作に襲われそうで怖かったからだ。診察の結果、強度の「パニック障害」と診断された。

その間に職場では、新しい部署に馴染む前に、またもや異動になった。今回は僅か四か月だ。その前も長くて九か月だったので業務を把握する前に異動させられ、不本意なうえ息を継ぐ間もなかった。

薬が馴染んでおらず、ボーッとすることが多い。睡眠薬もいろいろなものを試して様子をみているところであった。会社では、変な汗をかいて動悸が早くなることはあったが、まだ発作に見舞われることはなかったので、病気のことは誰にも伝えていない。ただ、薬による「眠気」だけはいかんともしがたい。

そうした中、多恵が正式に訴えてきた。俺だけではなく「特別送達」で裁判所から四人に「訴状」が届いたのだ。不毛な裁判に付き合わされることは金と時間の無駄で極めて不愉快だし、精神的にも負担だ。また、裁判となるとどう転ぶか分からないという懸念もある。

多恵の新たな弁護士が提示してきた金額は、六千万円と度外れている。多恵は俺を訴えておきながら、絹姉の相続の件で平然と電話してくる。ある意味怪物である。

訴状が届いてから三日後に、実家に集まり絹の相続の清算をした。やれやれである。こういうとき、道子たちは来ない。何やかや理由を付けて「清算金は後日電話してから取りに行くから預かっておいてほしい」と言ってきた。業腹ではあるが、裁判に対処せねばならない。ここでごちゃごちゃしている暇はない。

秀樹も弁護士を探してきたようだ。弁護士に「多恵は道子たちがターゲットだと言っていたのに、訴状を読むとわたしに狙いを定めているように見える」と言うと、担当弁護士は、それは多恵の意向ではなく弁護士の差し金だと仰っていたらしい。

後日、俺の方も島崎先生と面談し、訴状も一通りチェックしていただいた。不備が散見されるようで、軍用地の評価額も根拠に乏しいとのこと。島崎先生の見立てでも、弁護士主導で多恵は丸投げしているとの見解だった。

その後も島崎先生と面談を重ねた。二日後の答弁書提出と、それから一週間後の口頭弁論は出廷しなくともよいらしい。とはいえ気になるので傍聴はする予定だ。島崎先生からは、それまでに資料を一覧表にまとめて分かりやすいものを準備しますとのことだった。

「おもいやり法律事務所」から帰宅してから秀樹に電話した。秀樹の弁護士によると、「裁判所は昔の贈与よりも直近のものから手を付けていくので、道子たちへの対処が先になる」らしく、やはり答弁書提出日も公判も出廷しないでよいと言われたとのこと。

話の流れで母の話題になり、どういう目的かは不明だが、母は勝手に近所の業者に実家を片づけさせ、その費用は秀樹が支払う羽目になったらしい。貴重で大事なものもたくさんあったはずなのに、と秀樹は残念がっていた。

俺は今一つ体調がすぐれず、第一回の口頭弁論には臨めなかった。島崎先生に電話で概要だけ確認すると、その日俺に関しての言及はなかったとのこと。また、代理人同士でのやり取りのみで、原告の多恵も被告の道子たちや秀樹も来ていなかったとのことだった。

それから数日後、秀樹から電話が来た。

「裁判の最中なのに道子が妙な動きをしている。オレは道子からの電話を着信拒否しているため、妻に電話してきた。道子が実家の耐震検査をさせたら、地震があった場合いつ崩れてもおかしくない状態だけどどうするつもりかと迫ってきた」らしい。

「実家の土地は道子のものだから、あなたが建物を買えと提案してみたらどうか」と伝えると、母には三か月ほど前から小遣いを渡していないから騒ぎ出し、道子を焚きつけたのかもしれないと秀樹は言う。「母ちゃんの身が心配だというのなら、四つある億ションのひとつに母ちゃんを住まわすなり、一緒に住むなりすればいいだけの話なのに、偽善者め」と憤っていた。

道子たちのマンションは、パンフレットを見る限り全室バリアフリー仕様だ。それなのに決して母を中に入れない。結局、邪魔で嫌なのだ。

秀樹の用件は、公正証書をコピーさせてほしいというものだった。自分のものは弁護士に預けてあるらしい。

「公正証書の中で謳われている『道子たちが母を最期まで看る』という箇所をマークして母ちゃんに見せるためと、道子たちにも自覚を促すため」らしい。道子たちは屁理屈をこねて拒否し否定するだろうし、母ちゃんは見ようとも聞こうともしないだろうけど、それでも渡しておきたいと言う。

翌日の晩、母から電話があり、「公証人役場から何やらいろいろなことが書かれた書類がポストに入っていた。気味悪いし怖いので、来て見てほしい」と言う。ピンときて「秀樹が投函したものだ」と伝えるが、とにかく来てくれと言う。

後で行くからと伝えておいて、秀樹に電話して確認すると、やはりそうだと言う。
「母ちゃんには電話して説明するよ。さっきはいなかったから」
「直接会って公正証書の条文を示して説明しないと効果はないと思うよ」
「そうだな。それと地震が怖いなら道子たちが保有する億ションに一緒に住め、と進言する」と言って通話を終えた。

午後から有給休暇を取って「思いやり法律事務所」に赴き、島崎先生へ今後の対応と指導を仰いだ。「時効」を主張しつつ、遺留分は侵害していないことも併せて主張していく方針が示された。俺のやる作業として、「実際に軍用地料を得た年度を、土地ごとにまとめるように」との宿題が出た。

島崎先生が仰るには、「道子さんたちの弁護士はベテランの重鎮で、隠し立てを嫌う人」らしく、これまで隠していた地番がぞくぞくと出てきている。道子は以前、「男たちはいいよね、軍用地が貰えて」と言っていたが、この頃すでに道子は父に知られないように、莫大な土地を自分たちの名義にしていたのである。

「分母が大きくなるので、多恵さんの遺留分も増えるが道子さんたちが隠していた分での増加なので、竹友さん、もちろん秀樹さんも遺留分の侵害はないと考えます」との希望の持てる展望だった。

ここ数日、俺は、仕事を終えてから夜半まで、過去の確定申告書類をひっくり返して資料作りに没頭、骨が折れた。薬は大分効いてきているが、いまだに絶望的な発作も時々起き、暗く嫌な気分で塞いでしまう。でも大分頻度は減ってきた。道子側の答弁書にも再度、目を通してみた。

「父が他界してから七か月後に秀樹・竹友の呼びかけで相続問題を話し合うため、母・道子を加えた四人で実家に集まった」とあり、さらにその二、三日後に「道子が公正証書遺言の各人の部分をコピーし秀樹・竹友・美代子・多恵に渡した」ことになっている。受け取った覚えはないし、実際手許にもない。

原告側の資料が不備だらけのため、裁判の進展は見られず、わざわざ傍聴することはないとの島崎先生の見解に従い、しばらくは様子を見ることにした。多恵はきょうだいを三度も訴えるという挙に出ながら、送ってくるメールはフレンドリーで絵文字まで付けてくる。やはり人として何かが欠けているとしか思えない。

あくる日曜日、秀樹から電話が来た。

「至昭さんからオレに電話があり、『あなたのお母さんから金が無くて困っている』と泣きつかれ、同じ日に道子からも電話を受けたらしい」

「ついこの前、母の日に花と小遣いを渡したときは『道子は弁護士への毎月の支払いでお金が無いのに、それでも毎月ワッチに十五万円くれる』と言っていたのに嘘だったのか」

「至昭さんには、母は年金もあるし、実家の公共料金もずっとオレが支払っていることを伝えた」

道子はいまだに至昭さんに肺の病気だとアピールしていたようで、秀樹が「息苦しそうにしていましたか」と尋ねると「元気そうだった」と答えたらしい。

「道子の話は、『きょうだいみんなで実家をリフォームしたいが秀樹が電話に出てくれない』、また『絹宅の土地建物と実家の土地を交換したい』というものだったようだ」

絹が他界する直前、「自宅は美代子に譲りたい、と言っていた」との道子たちの話はこのための布石だったのか。

至昭さんにも祐輔さんにも、前田家の女たちが煩わしい問題ばかりをおっかぶせるから、さぞ迷惑だろう。俺たち男兄弟からは何も頼んだことはない。自分たちで解決すべき事柄だ。

でも、この身勝手な女たちは人の貴重な時間を割くことを何とも思わず、人を自分たちの都合で振り回す。それでもめげずに、秀樹は土地交換の件もリフォームの件も明確に断っている。

その六日後、土曜日の朝に突然、至昭さんがやってきた。

「今朝八時頃、あなたのお母さんから電話があった」

母に呼び出され、実家から我が家へ直行した様子。聞くと、母はリフォーム専門の建築会社に改築の話を持ち込んで断られた様子。できもしないのに、この勝手な動きは何度目だろう。悪質な業者に当たって法外な請求をされたらどうするつもりだったのか。

俺か秀樹の名前を出してくるのは目に見えているが、決して道子の名は出さないだろう。母の要求はとどのつまり、「このワッチの日々変わる、その時々の気分による要望を誰が無条件に満たしてくれるの?」と喚いているに等しい。

「僕は予断を持たない、ニュートラル。中立の立場で誰の味方もしない。あなたがたのお母さんについて今後どうしていくのか、間に入って明確にし、けじめをつけさせたい」と至昭さんは言う。

母に泣きつかれてきた時点で予断を持っているし、母の味方だ。しかし、これは仕方ない。

「道子さんは『私が母の面倒を見る』と言っている」

至昭さんの言質が得られた。これは大きな収穫だ。

「道子が宣言するまでもなく、このことは公正証書に明記されていて、そのために他人である道子に莫大な財産を譲った主旨であると謳われています」と俺は補足した。

「道子さんは絹さん宅と実家の土地を交換したいと言っている」

「絹宅は半分を絹と同じ教団の信者の方が間借りしており、道子は秀樹にこの機会に追い出せと言い続けているが、高齢者で家賃も滞納していないですよ。秀樹にそんなことはできません。道子の手に渡るまでに追い出させたいのでしょう。自分の手は汚さずに」

「財産が云々や誰がどうこうといった話は僕には関係ない。相談を受けた以上、無視できないから決着をつけたい」

至昭さんはそう言うが、首を突っ込む以上は生々しい話も聞く覚悟を持ってほしいし、そうでないと本質は何も見えず、作り話で正当化する道子や母に有利になるだけ。至昭さんには頼まれたからではなく、頼まれた時点で「甘ったれるな、そっちの問題だし自己責任だ」と突き放してほしかった。

できるだけ早く集まって話をまとめてほしいとのことなので、これをラストとすべく日程調整して母ときょうだい全員を招集することにした。

早速秀樹に連絡した。ところが乗り気でない。至昭さんを交えての協議だよ、と詰めるが「やりたくない」と言う。しかしずっと解決せずに逃げ回るわけにもいかないだろう。果ては自分の憶測と意見だけを言い張るだけで、肝心のことははっきりしない。至昭さんが入っても何の効果もないなどと言い出す。

「道子は母の面倒を見る、と至昭さんに明言しているしチャンスである、この協議は邪悪な女たちに迷惑をかけられている至昭さんのためでもある」と説得しても明確な返答をしてこない。

秀樹は「土地交換の件もリフォームの件もはっきり断ったから至昭さんとの話は終わっている。これまでの母や姉妹が面倒をかけたことについて、謝罪をしたうえで、今後あの人たちには関わらないでくださいとお願いもしたからもういい」との考えらしいが、至昭さんに断ったから解決になるのだろうか。当事者は秀樹と道子だ。さらに強く押したら、「この女たちにまんまと乗せられているみたいで嫌だが、そこまで言うならやるよ」とようやく了承した。

至昭さんと調整し日程が決まったので、母ときょうだいたちへ連絡した。このとき母は、こちらが訊いてもいないのに自分から、「道子はワッチを引き取ると言っている」と伝えてきた。母が道子に「あんたは病気も持っているのに無理」と言ったら、「できるところまでやって、あとは老人ホームへ」と返答してきたらしい。

そして思った通り、実家の土地と絹宅を等価交換する話は、絹宅に母を住まわせるためだった。母が軽率に喋ってきたことで判明した。母は引っ越して独り暮らしがしたい理由のひとつに実家の築年数が古いことも挙げていたが、絹宅だってかなり古い。道子の言うことなら何でも受け入れるのである。

16

至昭さんを仲介にした家族会議の日を迎えた。至昭さんに迷惑を掛けるのは今日で終わらせたい。最終結論が出ようと出まいと、今後家族の問題で「誰も頼るな、巻き込むな」と言い渡すつもりだ。それでもこの女たちは同じことを繰り返すだろうが、俺は今後一切関知しない。至昭さんにも、今日を最終として今後、母や道子が泣きついてきても応じないよう伝える。

冒頭、至昭さんは、「今日は財産の話やらそれぞれの思いは抜きにして、お母さんのことを今後どうしていくかについて道筋をつけてほしい」と発した後で、至昭さん主導で協議に入った。多恵は来ていない。

どうしてほしいのか母に発言を促したら、「これまで道子たちがずっと援助してきてくれて、以前は秀樹からも援助はあったが今はない。竹友には何もしてもらったことがない」と言うに及んで、俺は頭の中が真っ白になるくらい怒りが湧いた。ほんとに何もしてこなかった美代子、多恵には一切言及しない。この日は約束の時間よりもかなり早く道子たちは来たみたいだから、道子の差配で母と綿密に打ち合わせをしたのだろう。

その後も母は得意の同情を引く涙ながらの演技をし、道子も同調したかのようにティッシュで出てもいない涙を拭ってみせる。まさしく平然と嘘がつける人間が「効果を狙って」のものだ。この人たちには泣くという感情は持ち合わせていない。ただ、経験上泣いて見せると一定の効果があることを知っている。だから平気で人前で泣いて見せたりするが、時々、「そんな局面で?」と突っ込みたくなるほど不自然なときもある。

俺が皆の前で確認したことは「道子が母と一緒に住んで面倒を見る」ということと、「母も道子と住んで面倒を見てもらう」という二点で、これについては道子も母も認め、全員が確認した。ただ道子と美代子から、そのためには「絹姉の住まいだった秀樹所有の土地建物と道子名義の実家の土地を交換する」との条件が出てきた。

実家の土地は秀樹の息子に生前贈与してもよい、などとも言うがこれは秀樹が断るのを見越しての提案だ。「ウチたちは精一杯の譲歩を示したが、秀樹が受け入れなかった、だから母も看ることができなくなった」という筋書きだろう。

これに対して秀樹は「即答できないので、持ち帰って検討したい」と述べるに留めた。至昭さんからは「実家を工夫して建て直し、秀樹君は長男としてここに住み、お母さんは道子さんたちと住めるような形を採ったものにしてはどうか、これが最も望ましい」との提案も示された。

至昭さんから、それぞれどう考えるかと意見を求められた際、俺は「道子が母を看るという表明は、公正証書の遺言にも基づくことだから」と、道子が母を看ることについて賛意を伝えた。それを聞いて、道子と美代子は「それは意味が違う」と騒ぎ出したので、俺は持参した公正証書を示して、至昭さんにも「付言事項」を読んで貰った。道子たちは恣意的な解釈をしようと躍起になるが、どうやっても字面通りの解釈しかできないことを強調した。

秀樹はもちろん俺と同意見であることを表明した。また、道子たちの態度に頭に来たのか、秀樹はいったん保留していた、絹宅と実家の土地を交換したいとの道子の提案も明確に断わってきた。

道子は、宿痾に悩まされている秀樹や俺を無視して、自分と美代子がいかに大変かと病気アピールをする。俺が「この前から観察しているけど『指』は何ともなっていないよね」と指摘したら、すかさず美代子が「バチ指のことだよね、バチ指は数値が高いときしか出ない」などと訳知り顔で言う。

この前指摘したときはバチ指が何かも知らず、何も言い返せなかったのに、調べてきたら得意げだ。

「ところで、あなたは何の病気？」

美代子に尋ねたらキョトンとして答えない。再度突っ込んだら道子が何やかやと言ってくる。

「どうして本人が答えないの」

「この場で答えないといけないの、何で？」

「今まで聞いても答えないからこそ、至昭さんのいるこの場で聞いている」と言うと、何も答えない。次回までに病名をでっちあげて言い訳を考えておくつもりなのだろう。だが次回はない。

道子と母がいかに嘘つきであるかをこの機会に暴露せねばならない。俺は質問を変えて「美代子はどれくらいの頻度で病院に行っているの、診療代は毎回支払っているの？」と訊いたら、今度は本人が「その都度支払っている」と返答した。

俺にはそれで十分だ。こいつら病気でも何でもない。俺は自立支援医療の対象者でその都度の支払いはないのだ。秀樹は身障者認定の正真正銘の重篤な病気だ。

道子は無理やり話題を変えてきて、多恵がいないのをいいことに、「美代子は金が無い、調停で多恵に三千五百万円払っていて……」などと、どさくさに紛れて至昭さんに嘘を吐く。

美代子が多恵に支払ったのは五百万円だ。いずれにしてもこの日は母に関する話がテーマでこんな話は至昭さんとしても関係ない。

秀樹の長男の嫁は頻繁にひ孫を連れてきているのに、母はこの一年誰も訪ねてこない、道子たちしか来ないなどと平然として言う。道子を寄せ付けたいための独り暮らしではなかったのか。

　この日は至昭さんの前で、俺を激昂させようとの道子たちの戦術だったのだろう。この期に及んでもなお、至昭さんに嘘を吐いて巻き込もうとするなら、「母を看る」ことははっきり決まったのだから、絹宅云々は言わせない。というより秀樹が決めることだから、どう転んでも俺は秀樹の味方をするだけだ。

　道子たちには遊休化している民有地が何筆もある。間借り人のいる絹宅よりも、数多ある土地に家を建てて住めばよいだけのことを至昭さんに伝える。

　母と道子たちの本心は見えたから、これで踏ん切りがついた。母にも道子たちにも俺の子や孫には生涯会わせないし、道子らおばたちはこの世に存在しなかったことにする。

　母が独り暮らしをしたいと言い出した頃から、「うちに来るか?」との俺の申し出にNO、「ならば隣地にプレハブの一軒家を建ててあげるがどうだろうか。今のプレハブは頑丈でオシャレになっている。プレハブならどうにかできるから」との申し出も即座に断った人だ。

　道子にはいつもガミガミ怒鳴られ抓られたりして、決してそりは合わないはずだが、それでも道子がいいようだ。母の方が俺たちを捨てたようなもの。前田家に対しての、この母娘の仕打ちはやはり、「カッコウの托卵」だ。実の親とはいえ、もはや情など湧かない。

文子が日課のウォーキング中、至昭さんの家の前で奥さんとばったり会い、前田家のことで至昭さんには度々面倒を掛けていることを詫びて、少し立ち話をしたらしい。

直接道子が至昭さんの家へ来ることはないが長電話をするらしく、奥さんが「至昭が不在だから後で電話させる」と言っても話をやめず、いったん切っても、至昭さんの帰宅を待たず掛け直してきて長広舌を垂れるので困っているらしい。

母も同様で、母も道子も至昭さんの奥さんが「聞いてよいものか、はばかられる」というような内容を喋るらしい。奥さんは「自分たちに、もう関わらないで」と、私たちから母や道子に言ってほしい様子だったようだ。ほんとに迷惑なのだ。

17

会社から帰宅すると、文子が「さっき至昭さんが来た」と言う。母から至昭さんに電話があり、等価交換の件で絹宅隣の親戚の家に至昭さんを行かせたようだ。その帰りに至昭さんはうちに寄った様子。

母はこの親戚宅でも他の親戚にも広報官のように、「道子だけがワッチの面倒を看ている」と言いふらしているようだ。道子たちに捨てられていることも知らずに。

至昭さんの用件は、いろいろと齟齬があるようなので話をまとめたい。協議のため日程調整をしてほしいというもの。至昭さんは口にこそ出さないが、「どうして問題をさっさと片づけないんだ」と言いたげな怒りを文子は感じたらしい。

しかし、至昭さんもなぜ母の言うことを真に受けるのだろうか。至昭さんの人の好さに付け込んで、母や道子が至昭さんに凭れる姿勢はきりがない。他人の人生の貴重な時間を奪うことを何とも思わないし、最終的には「至昭は役立たず」だったとあちこちで言いふらすだろう。これまで別の人に対しても、そういうことは幾度もあったからだ。だからこそ、この件に至昭さんには関わってほしくないのだ。

母も道子も嫌がらせのように等価交換で古い絹宅を欲しがるが、二度目の調停に入る前に、タワーマンションを二室売り飛ばしていたことが判明している。現在、億単位の現金を持っているはずだ。しかも、その理由が、資産を増やすための投資なら分かるが、多恵から逃れるためだったというから恐れ入る。逃げられるわけがないのに。

嫌ではあるが、母の仕掛けによる至昭さんを交えた二度目の協議に臨んだ。

この日俺は至昭さんに再三、「母は人の善意に付け込んで際限なく凭れかかってくるから、今日を最後に内輪の相談には応じないでいただきたい」とお願いしたが、「あなたたちのお父さんにはお世話になった。残っているのはお母さんだけだから電話があったら断れない」とのこと。そこまで仰るのであれば、後は至昭さんの問題であり、俺が介入するべきことではない。

母という人間は「自分のわがままを百パーセント満たしてくれるのは誰か」とずっと思い続けているのであり、明日になれば気分が変わり、別の要望を言い出す。至昭さんが世話になったのは父であり、母は関係ないと思うのだが、しょうがない。

母は同情を引く演技が巧い。客観的な構図としては息子たちが年老いた母親をいじめているようにしか見えないだろう。そして母も道子も人としての恥というものがないから、方々でそのことを言いふらす。端から俺たちは不利にできている。だからといって手をこまねいているわけにはいかない。

俺と秀樹の答えは明解であり、「公正証書にある通り、父の遺志を継いで母の最期のそのときまで道子たちが面倒を看る、それを守れ」ということだけ。だからこそ莫大な財産も与えていると明記されている。

道子が後付けで主張する「秀樹との等価交換の条件が成立しないのであれば、『看ない』のではなく『看られない』」との詭弁は到底認められない。現金も土地も有り余るほどあるのに、間借り人のいる古い絹宅にこだわる時点で道子の論理は破綻している。

いずれにしても、「母を看る」という「目的」を道子は明言した。「前提条件が云々」などという「手段」の部分については、どのようにも対応できる。道子はそれをやろうとも、考えようともしないで「看られない」というのは、初めから母を看るつもりがないからだ。

これらの言動は事前に打ち合わせたシナリオに基づいてのものであり、人としての誠意がまるで感じられない。とにかく俺の意思は明確に伝えた。今後、母や道子に泣きつかれて、至昭さんから協議要請があっても応じられないし、応じる理由もない。至昭さんが協議を要請するということは「母の側につく」との予断を持っているということだ。

協議の日から四日ほど後に秀樹から電話が来た。多恵が以前に絹から聞いた話として、「父さんが私の家を建てたとき、あなたの母さんが来て『ワッチの弟（仲地の叔父）の名義にしろ』と勢い込んで言ってきたことがあった」らしい。

母や道子の、前田家への恨みを薄々と感じることがあったが、この話を聞いて何となく腑に落ちた。また、秀樹から「何名かの親戚と会う機会があったが、『あんたのお父さんは女にはやらないって言っていたのに、なんで血のつながっていない道子にこんなにやるかねー』と不思議がっていた」と言われたから、その理由は説明したとのこと。

道子側の弁護士から秀樹の弁護士を通じて、秀樹に「絹宅との交換の件、応じなければ訴訟も辞さない」などと言ってきたらしい。母は絹宅に住みたいと拘っているが、秀樹が絹の他界後、「きれいに片づけたから絹宅に住むか?」と促したときは、「あんな古く汚い所」と頑なに拒否している。道子が絡むと結託して前田家の人間に嫌がらせをしてくる。

道子からも秀樹の嫁に電話があり、「母はいつ死ぬか分からないのに、あの実家にそのまま住まわせるのか、床や建物の補修はどうするつもりか」などと怒鳴り散らしてくるらしい。

先日秀樹が嫁を通して母に、仮に補修するとして、その間はどうするのかと問うたらしい。「道子の所に行く」と答えたそうだ。この前の協議の場で至昭さんに告げた「道子たちのいる地域には知り合いも親戚もいないから、短期間であっても住めない」との言を、臆面もなくひっくり返している。

母は秀樹の嫁に「『道子と美代子以外のきょうだいたちはお母さんを虐待している』と

道子は周囲から言われている」ことを伝え、「調停にすべき問題」と騒いでいるらしい。道子は「竹友にはウチが不正をした証拠をたくさん握っていると言われ心外である」と、秀樹の嫁へ愚痴ってきたらしい。

誘導して情報を引き出そうというわけだ。まったく底が浅い。数ある大事な証拠はいざというときのためだ。誰にも知らせていない。知らせるわけもない。

お盆に実家へ行った。戦争で何もかも失った親戚の仏壇を俺も継いでいるが、この日は父とご先祖様に手を合わせに行ったのだ。

秀樹の嫁や子供たちは来ているが秀樹は来ない。秀樹の嫁も、仏壇がある以上やらざるを得ないと言っている。秀樹が母や道子の電話を一切取らないから、話が全部自分に来ると、秀樹の嫁は愚痴っていた。嫁は関係ないのだから、秀樹は嫌でも当事者として対応すべきだろう。情報も嫁からの又聞きになるから齟齬が生じる。

元々疑われるような人格を持ち合わせていない母は、この前のことなど何もなかったかのように普通に話しかけてくる。

お盆も過ぎ、秋台風の最中、至昭さんから電話が来たようだ。俺は例の発作に見舞われ苦悶していたので、文子が受けた。

母から至昭さんに「水が漏れている」と連絡が入ったとのことで、至昭さんは「僕は今から向かいます」と言い、さらに「竹友君は?」と訊いたので「体調不良で伏せっている」と文子が答えたら、叩きつけるように電話は切れたらしい。結局、周りは母に振り回される。

互いに面倒を看る・看られると約束しあった道子には助けを求めない。俺たちへの当てこすりなのか、これ見よがしに至昭さんを頼る。台風が不安で一時的な避難なら道子のマンションに行けばいいのにそんなことはしない。

秋台風も去った頃、島崎先生から電話で中間報告があった。裁判官が知りたがっているのは、多恵が公正証書遺言を知っていたかどうかで、道子は多恵に公正証書遺言の内容を説明したと主張しているが、これが証明できないと、個々の財産について不動産評価の調査が必要になってくるらしい。

いずれにしても埒が明かないので、一か月後に「尋問」をすることになったとのこと。呼ばれるのは道子、母、多恵の三人。島崎先生から「法廷に来ますか」と訊かれたので、傍聴に行きますと答えた。その日に秀樹に電話し、「尋問」は一緒に傍聴しようと誘ったが二の足を踏んでいる。

秀樹の話によると、きのう母が秀樹の嫁に「ワッチはこんな年寄りなのに、秀樹と竹友のせいで裁判所まで行かねばならない」と泣きながら電話してきたらしい。訴えているのは多恵であり、原因は道子だ。まったく都合よくできている。秀樹は「今後、盆正月はやらないし、親戚中にそのことは連絡済みだから、お前も来ないでいいよ」と、俺に告げた。

数日後、母から電話が掛かってきた。

「あんたと秀樹のせいで裁判所に呼び出されている。なんでそうなっているのか」

「訴えているのは多恵だよ、どう解釈したら俺らのせいになるのか。誰がそんな道理に合わない入れ知恵をしているのか」

言い返されてしどろもどろになりながら、母は「道子の弁護士」と言い放った。

「道子だろ」と指摘すると、とっさに話をすり替えようとする。

「多恵には百六十万円の車も買い与えたし、灯油代もワッチが支払ってあげている。年金から五万円を渡し、借地料も払ってきた、なのにこんな仕打ちか」

「だからその話は俺でなく、多恵に直接言うか法廷で言えばいい」

「その日はタクシーで行く以外にない」

「道子たちを迎えに来させればいいだろ、道子たちを援護するための証人として呼ばれるわけだし」

「道子は二週間前から体調を崩している、声を聞けば分かる」

母の面倒を看ないための布石だろう。多恵については、「近所でアルミ缶を集めて生計の足しにしている津波古さんから、『あんたの娘から毎回大量のビール缶を貰って助かっている』と言われて恥ずかしかった。多恵の娘たちはいい子だった。両親があんな風にしてしまっている」と愚痴る。

確かに多恵は、答弁書で「二人の娘が障害を抱えている中、仕事などできる状態ではなかった」などと自分を正当化するために、さも生まれつき障害があったような言い草をしている。もう一つの用件は「実は臨時でお金が少し入った。あんたから没収したお年玉をいくらかでも返したい。五万円取っておいてある。近々に来てほしい」というもの。

「今さらそんな金はいらない、どうでもいい。とにかく週末には寄れるから」と伝え通話を終えた。

翌日、仕事の最中に母から着信があったが出られず、気づいたら携帯に留守メモが録音されていた。

「困ったことがあって……。竹友にお願いするしかないさー。お金が無くて大変なことになっている、後であんたから電話があったら詳しく話すから」

舌の根も乾かないうちから平気でこういうことができる。常日頃、携帯電話の操作は年寄りだから意味が分からないと言いながら、こういうときは留守メモまで活用してくる。この前秀樹は「道子たちの弁護士は『兄弟で母親を虐待している廉で訴える準備はできている』と言っている」と自分の弁護士を通して聞いたらしい。

母親が困っているときに何も手を差し伸べなかったとの証拠とするための道子の差し金による留守メモかもしれないと思い、無視した。

人は通常、不正に大金をせしめたら雲隠れする。しかし、道子はしつこく前田家の人間につきまとう。多恵はひたすら「金を寄こせ」と言うだけだが、道子は強欲に加えて何も悪いことをしていない者の人生まで台無しにしたい、という強い意思というか怨念を感じる。自分が悪意しか持たないから相手も悪意を抱いて、自分を陥れようとしているとの捻れた思い込みと、人が努力して得た幸せが許せないことへの妬みからだろう。

18

尋問当日、俺と文子は傍聴のため裁判所に赴いた。美代子も傍聴席に来た。秀樹は結局来なかった。その他には法務の学生たちだろうか、大勢入ってきた。一般人もちらほらといる。当事者としては面白がられているようでいい感じはしない。

開廷直前、母は杖を突けば歩けるのに、弱い老人をアピールするためか車椅子で道子と共に来た。母を法廷へ導き入れるため、廷吏や弁護士たちも総動員してセットされたテーブルを片づけてひと騒動だ。

三人の裁判官のうち裁判長から「本日は原告がいつの時点で遺言を見たのか」を中心に進めていくことが告げられた。原告の多恵、被告の道子、証人の母、各々、名前・生年月日等の確認後、「宣誓書」を三人で読み上げる。裁判長は「証人は嘘を吐いた場合、偽証罪に問われる」ことにも言及した。

道子の代理人から母への質問で始まった。

「公正証書遺言について憶えているか」

「憶えている。（公証人役場には）一緒に行った」

「多恵にはすでに金も家もあげてあると遺言にあるが」

「憶えている」

「どうしてそれ以外、多恵に財産を分けていないのか」

「多恵の素行が悪かったから」

「家庭での多恵の状態と、非行とは？」

「中学・高校時代は家に帰らず、私と夫とで捜し回った。高校では授業に出ないことがあり、呼び出しを受けた。夜、帰ってこないこともあり、夫は説教したが改まることはなかった」

「卒業後は？」

「ショッピングセンターで働いていたが、どれくらいの期間かは分からない」

「十九歳で同棲していたことは」

「知っている、連れ戻しに行った。戻ってきたが、またいなくなる」

「正式に結婚したのは？　また、可哀想と思ってあなたの夫は何かあげたのか」

「結婚は二十五歳くらい、積み立てたお金と建物をあげた」

「その建物の借地料は？」

「夫が支払い、死後は私が支払った。年二回で七万円。また、可哀想だと思い年金から二か月に一回五万円あげた。百六十万円余りの車も買ってあげた」

「食費と保育料は？」

「私と道子で交互に作ってあげたり持っていったりした。保育料は夫の死後は自分で」

「子供の世話や面倒は誰が見ていたのか」

「夫婦二人とも定職はないのに子供はほったらかしで、子供二人だけで留守番していた。ちょくちょく私が面倒を見にいっていた」

「竹友から原告の夫は職場を紹介されていたか」

「はい、でも長続きしない」

「あなた、道子、秀樹、竹友の四人で遺言の話をしたか」

「私は間に入っているが、分からない」

「道子から、『多恵に公正証書を渡すよう』依頼されたか」

「憶えていない」

「多恵の家に行き来していたとき、『なぜ自分には何もないのか』と言われたことは」

「『あんた、親でしょ、きょうだいに財産を分けるように言って』と頼まれた。道子だけが援助をしていた。何も貰えなかったのは夫に嫌われたから。学校時代から親に心配をかけたから」

「きょうだいたちに働きかけたか」

「話はしたが、秀樹は口も利かない。竹友とは年に一回、正月しか会っていない。援助するようには言った、同じきょうだいだから分けてほしい……」と述べる途中で絶句し、これ見よがしにすすり泣く。

この正月に年始の手土産を持っていったのは俺だけだ。こんな親でも母の日には花と小遣いも直接渡している。遠方の高級マンションに逃げ、法事にも来ないのは道子たちだ。

その意味では、金があるときには母に弁当を買って届ける多恵の方がまだ情がある。道子だけがかわいくて、道子を守るために法廷で嘘まで吐く。生活の夫との子とはえらい違いだ。

道子のアピールはしても、一緒にいる美代子の名は一切出てこない。多恵の加勢をしたいくらいだが、俺も訴えられている身だ。業腹だが道子たちに勝ってもらうしかない。

「多恵に援助をしたのは誰か、また多恵に対する道子の虐待については」

「援助をしたのは道子。虐待は多恵の嘘、道子はそんなことをする人間ではない」

ここでも感極まったかのように泣きだす。（へたな演技をするな）と俺は内心つぶやいた。

「老後は誰に看てもらいたかったか」

「長男の秀樹たちと住みたいが、あれが住みたがらない」

「今後は誰に面倒を看てもらいたいか」

「誰とも言えない、怖くて。親戚を入れて話をしたが、引き取ると言ってくれたのは道子だけ。秀樹の嫁とは合わない」

道子はいい人柄を演じているだけで、結局今も母を看ていない。母は秀樹の嫁をあごで使っておきながら、このような言い草。母は女王で道子は王女、女王の使用人である息子の嫁など家畜くらいにしか考えていない。俺と文子が傍聴席に居なかったら、もっと悪し様に罵っていたことだろう。もちろん俺たち夫婦のことも。

次に、秀樹の代理人から母への質問が続いた。

「多恵から財産を分与するよう頼まれたとき、それは夫が他界してからどれくらいか」

今までオドオドしていたのに、母は急に憤慨し、「秀樹がそう言ってきたのか！……多恵に子供ができてからです」

憮然として言い放った。道子と同じ我が子である秀樹も訴えられている身なのに、母の態度は敵に対するそれだ。

続いて俺の代理人である島崎先生から母への質問。

「財産を分与してほしいと頼まれたとき、他のきょうだいが財産を貰っていることを多恵は知っていましたか」

「知っていた」

「多恵はなぜ、それを知っていたのか」

「多恵は分かっています。遺言を見たかどうかは分からない」

多恵の代理人から母への質問。

「誰にどのような財産を与えたのかについては」

「夫は一切そんな話をしないので分からない。援助は道子だけがやってきた」

「公証人役場には一緒に行ったらしいが、内容は知っていますか」

「中身については見たこともないし一切分からない。夫がやることには一切逆らえなかった。多恵から『財産を分けるように口添えしろ』というのはしょっちゅうだった」

裁判官から母への質問。

「多恵宅に頻繁に行っていたというのは？」

「孫たちは私の作る料理がおいしいと言っていた。道子も最初の調停までは毎月行っていたが、調停で莫大な金を与えてからは十分暮らせるだろうということで、調停後は行っていない。それまではクリスマスやら何やらで、道子、美代子と三名で喜ばせていた」

「財産分与するようせっつかれていた件は？」

「最近までずっとあった。この裁判が決まってからは来ないが、その前は頻繁に来ていた」

「財産分与するよう言われたのは夫が他界した後、いつ頃からか」

「他界してからすぐ。……私は耳が悪いし怖い」

続いて裁判長から、「故人である夫は資産家だが以前からそうか」

「はい、男は皆生前に貰っているが道子たちは夫が病気してからしか貰っていない、子供たちはみんな知っている」

やはり所々虚言が混じる。今度は多恵の代理人から多恵への質問に移った。

「お父さんの生前は、どのような様子でしたか？」

「父は倹約家。生活に不自由はなかったが、家族で外食することはほとんどなく、旅行は離島に何回か行ったくらい。水の使い方にも制限があった」

「その時分に優遇されていたのは？」

「息子たちで年の順、長男秀樹が部屋も一番大きく小遣いも多かった。次に娘の順、末っ子の私が最後」

「特に不遇ではなかったのか」

「はい」

当初は天井もないトタン屋根のむき出しの家だったが、現在の実家は俺が小学三年生のときに新築した家で、明治生まれの父は部屋など二つしか作らなかった。親戚が集まれるようにだだっ広い畳間十四畳が主で、道子だけが個室を与えられ、もう一室は秀樹と俺の部屋ということになっていたが、実質は父の寝室で父が寝ている間に俺が宿題をしていて、何かを落とすと飛び起きて激しく怒鳴られたものだ。

その当時多恵はまだほんの子供だ。定期的な小遣いなどなかったし、お年玉のあるきょうだいとは裏腹に俺はほぼ無一文だった。多恵は小遣いが欲しいときに、家計のやり繰りのできない安易な母から貰えていたから、不自由を感じていないだけだ。

「その当時、実家での生活は？」

「道子に虐待された」

「娘で唯一、住宅を贈与された理由は？」

「姉妹の中で唯一結婚していたから。道子たちはずっと家の金で生活していた」

「病床にあったお父さんの世話をしていたのは？」

「道子が主で、他のきょうだいや嫁」

何も分かっていないくせに真実味を持たせるための方便を駆使している印象だ。勝たねばならないから双方ともそうなるか。

「高校生のときは？」

「アルバイトをしているとき、世間の噂や周囲から『あなたの家は裕福なのになぜ』と言われ、財産状況を調べた。しかし、きょうだいたちからは財産は無いと言われた」

「財産については？」

「何も聞かされていない、隠されていたから。公正証書も見ていないし、母からコピーを渡されてもいない」

「公正証書に気づいたきっかけは？」

「生活保護申請に行ったらきょうだいが財産を持っているから、先ずきょうだいに何とかしてもらえと言われた。どれだけの財産か尋ねたが、個人情報を盾に教えてもらえなかった」

「一回目の調停のときの弁護士への相談内容は？」

「お金に困っているが、どうしたらいいかを相談した。すると遺留分で闘えると言われた。父の固定資産証明を取るよう指示された」

「公文書館への指示もあったのか」

「弁護士には言われていない。億の提示をしたかったが五千万円を提示した。道子は法定分を出すと言い、秀樹と竹友は出さないということで保留になった」

こいつは事実誤認をしていたのか？　祐輔さん宅での協議では道子が「私が前田家の財産を食い潰したのではない」という証明を皆さんがしてくれれば五千万円出す、との発言に秀樹は賛意を示したのであり、俺は賛成とも反対とも言っていない。

そのとき、多恵は俺に右の手の平を向けて「あんたは？」みたいに確認を促すジェスチャーをしてきたし、その有様はその場にいた全員知っているはずである。多恵は調停を取り下げるとは言わなかったから、俺はあのとき、「調停の場で立場を表明する」と告げた。決定権も強制力もない親戚の前で何を言ったところで、道子にも多恵にも何も伝わらないし、信用もできないからだ。

多恵の代理人の質問は続く。

「相手方（きょうだいたち）の意見は？」

「金は無いと言い、資料も出さなかった」

「最初の調停については？」

「弁護士のアドバイス通りにしたので、細かいことは憶えていない」

「今回の訴訟のきっかけは？」

「近所の幼馴染みを頼って公文書館で調べを進めているときに、生前贈与があることを知ったから」

「公正証書については？」

「知らなかった」

道子の代理人から多恵への質問に移った。

「お母さんの証言を聞いて違うところは？」

「道子は一方的に母の面倒を看たと言っているが、うちもやっていた。財産の内容については知らなかった」

「非行については？」

「高校生のときは徘徊していた。原因は毎日道子に叱られていたから。小さいときから物が無くなったら、真っ先に疑われたり往復ビンタをされたりした」

「先ほどの話で、家を出たときと結婚の時期は？」

「十九歳で実家を出て、結婚は二十五歳」

「結婚後、生活を維持していける収入は？」

「なかった」

「贈与された住居の借地料は？」

「それも含めての贈与だった」

「子供たちの保育料は？」

「娘が通っていた保育園は道子の勝手な判断で替えられ、移った保育園の保育料は道子が、というより実質父が払うことになった」

「お母さんからの援助は？」

「されていた。差し入れについても間違いない。でもそれはうちも同様にしている」

「秀樹の所有するアパートについては知っているか」

「知っている、四階建て」

「竹友の所有するアパートについては？」

驚いたように「知らない」と言う。当たり前である。道子がどういう話を弁護士にしたのか知らないが、持っていないし俺ら夫婦も驚いた。

「兄弟に財産を分けろと言ったことは？」

「言っていない」

「元々財産はあると認識していたか」

「無いと思っていた」

知っていたのに遊んで暮らせていたから、行動を起こさなかっただけだろうがと内心毒づいてしまう。

「お父さんが存命のとき、どう家計を支えていたと思うか」

「分かりません」

はぁ？

「自分の実家が裕福だったかどうかについては？」

「そこそこと思っていた」

相続する財産は無いと思っていただのと言いながら、いよいよ訳が分からなくなってきた。関係ない俺や秀樹を巻き込んでおきながら、弁護士ともろくに打ち合わせていないのだろう。

一方、道子たちは母も抱き込んで綿密に打ち合わせたことがよく分かる。

「生活保護申請について、調べて何か分かりましたか」

「きょうだいが財産持ちだから、先ずきょうだいに助けてもらえと言われたが、調べ方が分からなかった」

「一回目の調停時に弁護士から、調べたら『これだけあった』との報告は？」

「受けていない、公正証書を見て知った」

「調停で知り得た以外の財産は？」

「憶えていない」

「調停前に親戚の家で話し合いをしたときのことは」

「五千万円渡してほしいと言った」

「この額を貰えれば今後一切文句は言わないと聞いているが」

「そうは言っていない、憶えていない」

（言っていたよ）と内心呟く。

「五千万円の根拠は?」

「ほんとは億を請求したかった。親戚の至昭さんに文句を言われたから五千万円と言った」

これではただの強請(ゆすり)と一緒だ。裁判を起こした張本人が五千万円の根拠すら言えないとは。嘘でもそれらしい理屈を付けそうなものだが、これでは多恵の弁護士が気の毒ですらある。

「あまりに法外ではないか」

「当然出てくる話でしょう」

逆切れしてきた。

「親戚を交えた話し合いの中できょうだいたちの反応は?」

「秀樹も竹友も、道子が払うようにと言っていた」

「二回目に親戚交えて集まったときは?」

「憶えていない」

こんな大事なことを記憶にないと言いつつ、内容は前回と同じだったと矛盾したことを言う。

「一回目の調停については?」

「それぞれから金額の提示があり和解案が示されたが、うちは五千万円を強く求めた。弁護士に説得されてやむを得ず三千七百万円で調停を成立させた。竹友だけ保留した」

「弁護士が勝手に調停を成立させたということか」

「そんなことはそのときの弁護士に聞いてください、私は分からない」

またしても逆切れ。

「なぜ、子供の世話をしないのか」

「仕事をしていたし、面倒を見る人もいなかった」

仕事をしていたなどと嘘を吐きつつもネグレクトは認めた格好だ。

長引きそうと判断したのか、いったん七分間の休憩となった。司法修習生たちはこれで十分と判断したのか、あるいは時間がなかったのか一気にいなくなった。

別室で島崎先生から「多恵さんは頭いいですよ、肝心の部分は躱していますす」との見解だった。確かに、公正証書遺言の存在をいつ知ったかという主題については、まだ尻尾は掴ませていない。

再度開廷し、道子の代理人から、配布した写真の説明があった。多恵の子供たちが幼い頃のクリスマスパーティーの写真と実家で撮った写真だ。母と道子が多恵の娘たちの面倒を見ていたことの証拠として出しているが、父が存命のときだ。

続いて秀樹の代理人から多恵への質問。

「世間の噂で裕福だと思ったという『世間』とは具体的には？」

「知らない」

不貞腐れている。

「家の財産がそこそこというのは？」

「分からない」

「お父さんが他界して、いつ頃から財産分与の話をした？　お母さんは他界からしばらくしてからと証言しているが」

「憶えていない」

「今回の裁判に当たり、前の弁護士に連絡をしたか」

「電話で、竹友とは保留になっているので裁判にしたいと言った。皆が隠蔽しているから四人を対象にした。弁護士からは期間が経過しているので竹友との裁判は引き受けられないと断られた」

「生前贈与に関して前の弁護士には伝えなかった？」

「言うわけない。生前贈与があるのを知ったのは、今の弁護士になってから。前の弁護士に裁判を断られた直後くらいに、近所の幼馴染みに公文書館へ連れて行ってもらった」

続いて島崎先生から多恵への質問。

「生活保護申請を却下されたと言っているが」

「二回申請した。二回とも断られた」

「お父さんが他界してから、財産があるのをいつ頃から知ったか。なぜ調停まで十年経っている？」

「子供が病気だったから」

「お父さんが他界してから五年以内に、財産分与に関する話がお母さんからなかったか」

「兄たちがアパートを持っていたり、住宅を建てたりはあるが、目に見えてのものがなかった。ただの会社員にそれだけの収入があるはずがない」

「自力で家を建てているかもしれないのに、なぜ要求を出した？」

「昔の話は憶えていない」

「どういう財産を分けてほしかった？」

「そんなことは分からない。役場は父に財産があるとか個別のことは教えてくれなかった」

「あなたの認識を聞いている、お父さんに財産がたくさんあったとの認識か」

「それは分からない。父が他界して八年後ぐらいに、母にきょうだいを訴えることを伝えた」

「そのとき、その場に誰がいたか」

「道子がいた、母と同じことを言っていた」

「どんな調停を予定していたか」

「漠然ときょうだいから財産を分けてもらおうと思っていた。前の弁護士への相談の前後は憶えていない」

「秀樹が財産を独占していると思って、食ってかかりハサミを向けたことがありますね」

「そうだったんですかね」

「秀樹が『なぜ俺を恨むのか』と言ったとき、道子は何と言っていましたか？」

「道子が何と言って宥めたかは覚えていない」

「恨むなら竹友を恨めと言わなかったか」

「道子はきょうだい間を憎悪させるために画策していた。それを知らずに今では後悔している」

「何を後悔？　こうやって秀樹さんと竹友さんを訴えているから？　その事件はお父さんが他界してから六年後くらい？」

「そうだと思う」

「財産を持っていることを知っていたから、その事件のとき訴えるということになったのでは？」

「そうでしょうかね、でも父が他界してから九年後くらいだったと思う」

道子の代理人から多恵に質問。

「公文書館に行って訴訟までの間、何も分からない、憶えていないと言うが、公文書館で何を知ったか？　証拠として出ていないが」

「持っているし弁護士に渡してある」と言いながら、自分の代理人の方を向いて、「渡してましたっけ？」と訊かれ、多恵の代理人は困惑の表情をしている。この人は途中から引き継がされたようで、気の毒である。

「公文書館から取ってきたのは何かと聞いている、証拠として何も出ていないが」

「専門的なことを言われても、分からないじゃないですか」

もはや反発しかしない。

多恵の代理人が多恵に向かって「登記簿を私に渡したということか？」と尋ねた。

「見せはした、預けたかどうかは憶えていない。必要なら次回に提示できる」

「生活保護申請のときの様子を聞かせてください」

「二度目の申請時に前と同じことを言われるのは分かっていた。だから離婚した。それでも通らなかったから、前の弁護士に『竹友と訴訟したい』と相談した」

横から多恵の代理人が、

「それは調停が終わった後の話では」

自分の代理人にも攻められている。しかも「きょうだいが怖かった。恨まれるのではないかと」と意味不明の言動。論理が破綻している。調停後には大金を手にしているのに生活保護を受けようとした？　時系列も滅茶苦茶である。

すかさず島崎先生から突っ込まれる。

「きょうだいが怖かった？　秀樹さんと竹友さんはあなたの借金を肩代わりしてあげたのに」

「していましたが、裁判となると家でのやり取りとは訳が違う。公になるから」

（あんたが仕掛けたんだろう）とまたもや胸の内で毒づいた。

次に裁判官と多恵のやり取り。

「子供たちの世話を母に頼んだことは」

「ある。十二年ほど前」

「財産が無いというのは誰が言っていたのか」

「みんな、親も含めて」

「お父さんについて聞かせてください」

「私が生まれたときはすでに隠居の年齢だった。道子がいるから家に来るなと言われていた。道子たちは父が他界したとたん、超高級マンションを買って、それ以来、母共々家に来たことはない。むしろ、うちが母に昼ご飯を買っていったりした。今日の写真も自分たちに都合のいいものだけ持ってきている」

「お母さんからの援助について聞かせてください」

「車は父が他界して後に買ってもらった。お金の援助についてはお互いさまの話。貰うときには手渡し。いつからいつまでかは覚えていない。誰でも親から何かを貰うということはあり、いちいち憶えていない」

裁判長が多恵に質問する。

「資産家であることを家族から否定されたが、本当はあるのではと思ったことは？」

「高校生の時分から思いはしましたが、きょうだいを疑わなかった」

「お兄さんがアパートを持ったのはお父さんが健在のときですか」

「はい」

「財産分与について、お母さんを通してきょうだいに伝えたのは？」

「父が他界して四、五年後くらいだと思う」

道子の代理人から道子への質問。

「公証人役場には同行しましたか」

「母、私、母方の叔母、叔父の知人……仲地の叔父に金銭トラブルがあり、すごい金額を失ったので……」

「聞かれたことにだけ答えてください。多恵に財産をやっていない理由は？」

「素行だけでなく、子の面倒も見ないし働きもしない。どれだけ援助しても立ち直る話がない。父も匙を投げていた」

（叔父に金銭トラブルがあり？　何を言おうとしたのだろう）

「多恵への虐待については？」

「一度だけ顔を張ったことはあるが、往復ビンタなどはない」

「母親の年金からの多恵への援助は？」

「定期的にやっていたし、中途からは前倒しになったので、不足分は私が補塡していた。調停が始まるまでずっと援助していた」

「食料品等の援助については？」

「子供たちをちゃんと生活させてほしいと、多恵に毎月五万円、娘二人に五千円ずつと図書券千円分を添えて届けていた。また、子供たちの好物を毎月八千円分届けていた」

「多恵は十九歳で家を出て、そのときの人と結婚しているが定職は」

「その時分、私は家を出ていたので……ずっと定職は無しみたいな」

「では多恵たちの生活は？」

「成り立っていなかった。子供たちへの扱いに父は怒り、私に『どうだ、お前が引き取って育てては』と打診された。多恵の夫が毎晩ビデオを二本観るため、一緒に起きている子供たちは朝起きられず、保育料は父が援助しているにもかかわらず保育所には行かせていない。それを知った父は怒り匙を投げた」

　自分の金で援助しているような物言いはやめろ、と俺に再三指摘されてきたからか、援助の頭に「父が」としている。ところで、一緒に住んでいない道子が「多恵の夫は毎晩ビデオを観る」なんてことがどうして分かるのか。

「多恵宅への出入りは？」

「一回目の調停が成立するまで。大金を渡したから大丈夫だろうと。これだけやってもあまりに態度が悪い」

「遺言については？」

「竹友に相続について相談があると言われたときに秀樹、竹友に話はした」

「遺言の原本については？」

「秀樹、竹友には見せ、コピーは各々の分を渡した。多恵へのコピーは母に預けた。その一か月後くらいに多恵にたまたま実家で会った。そのときに説明したが、多恵は『自分は差別されている、結婚したばっかりに』と言うので、さらに十分説明したけれど、文句ばかりで聞く耳を持たなかった」

「母親から多恵たちへの財産分与について相談されたことは？」

「竹友には援助を申し入れたが、多恵夫婦が五体満足で働ける以上、できないと言われた。秀樹も同じ意見」

「竹友が自分の勤めている会社に多恵の夫を入社させた件については？」

「知っている。出社しないので、竹友は社から叱責された」

（あんたは役員か株主か）あきれてしまう。

「秀樹、竹友には生前贈与があり、二人ともマンションを所有している件は？」

「秀樹が四階建て。そこの一階で秀樹がやっていたカーショップで多恵は一時雇われていたことから、財産があることを知っている。竹友はアパートではなく自宅。そのことも多恵は知っている。みんな新築祝いの宴会の手伝いもした。それを見た多恵は自分はアパートを建てたいから、五千万円を出してほしいと父にねだっていた」

そのことは俺も憶えている。多恵は、俺の自宅は父の金で建てたとでも思い込んでいるようだ。多恵には想像が及ばないだろうが、かつての多恵の夫の同僚は今や皆一軒家を持っている。

「調停前に親戚も交えて集まった件については？」

「母から、きょうだい間で裁判はしてほしくないとのことで集まった」

「二回目は親戚に加えて多恵も参加していますが、そのときの状況は？」

「多恵から五千万円の要求。親戚も『脈絡もなくその金額はちょっとあまりにも』とあきれていた。竹友は一貫して払わないとの立場。私が法定分を支払うと表明したら、秀樹も賛成した。しかし協議を終えて外に出たとたん、秀樹から『お前だけが払え』と言われた。私としては遺留分ということだから全員で払うべきとの考えだった」

秀樹が賛意を示したのは道子が五千万円を払うと言ったからで、法定分との話は出なかった。そもそも遺留分は一千二百万円だ。遺留分を超えた根拠のない要求を多恵は出している。

道子は論点をずらしている。調停で支払った三千六百万円の内訳について、贈与税を差し引いた分であり、ウチは五千万円を払っているなどと、調停後俺たちに言っていた。和解金に贈与税？　あり得ない。

「調停の終盤に弁護士を連れてきているが？」

「途中から心配になったから。早く終わらせ母も安心させたかったので、上乗せして三千六百万円にした」

弁護士に自分たちの隠し事を打ち明けて、むしろその不都合な真実を知られるよりはと、多恵を黙らせるため、遺留分をはるかに上回る額を出したとしか思えない。

「全員が顔を合わせての調停でしたか」

「個別だったり全員だったり。女性の調停員からは『これで今後あなたに請求することはない。もしそんなことをすれば多恵の手が後ろに回る』と言われた」

俺の代理人島崎先生から道子への質問。

「多恵さんにはいつから、どなたが援助していましたか」

「多恵に長女が生まれたときに私は実家にいなかった。父が毎月養育費を五万円と思う」

「借金の肩代わりの件については？」

「闇金からの借金で利息が膨れ上がらないうちにと、私が父に助言して一回目は父が返済した」

「二回目は？」

「きょうだいに何とかしてほしいと話をした」

道子たちはこのときにはすでに生前贈与があるにもかかわらず、そんなそぶりを見せずに一銭も出していない。そのあたりはぼかした表現をする。

「秀樹さんらへの遺言の説明後、ひと月以内に多恵さんに実家でばったり会った件については？」

「財産を分けるように言われた。多恵には秀樹のような元会社員がアパートを建てたりはできない。そして公正証書もあるという話をした」

「多恵さんは遺言に対してか、生前贈与も含めての要求か」

「多恵はとにかく五千万円を要求していたから、生前贈与が問題になるとは思わなかった」

「なぜ、あなただけが払わないといけないのかの理由についてはどう考えるか」

「逆に聞きたい」

「流動資産が全部あなたにいったからでは？」

「分かりません」

「多恵さんが援助してほしいと言ってきたのは？」

「遺言の説明後です」

多恵の代理人から道子への質問。

「多恵さんはどんな子でしたか」

「あれだけ親に可愛がられて、なぜ悪い方へ行かないといけないのか分からない。叱ったことは何度もある」

「多恵さんに手を出されたことは？」

「ない」

「実家を出ていた頃、あなたは仕事をしていましたか」

「していた。二十七歳のときで、父から『多恵は未成年だからお前が出て行ってくれ』と言われた」

父が援助金なしで一方を出て行かせるわけがないだろう。

「父親の看病は？」

「私が中心にやっていた。いつからかはちょっと思い出せない」

「一九九九年頃では？」

「分かりません。癌が発覚するまでは元気で、秀樹一家と仲が悪くて、保有する広大な民有地に新築する話まで出て、地鎮祭寸前まで進んでいた」

「公正証書で多数の財産を貰うということについては？」

「父が独断で決めており、誰もそのことに口は出していない。驚きはした。女に財産はやらないと言っていたので。母は公正証書について、見たことすらも憶えていないと思う」

「秀樹さんと、竹友さんの生前贈与については？」

「知っていた。多恵も知っている」

「兄弟から相続の話をしたいと言われた件については？」

「秀樹が心臓手術の前で、公正証書の内容はいい話ではないので落ち着くのを待っていたが、彼らから話をしてきた。そのときに、『実は遺言書がある』と言って見せたら、二人とも驚いていた。怒ってはいない、父には怒っていたが。多恵にはコピーを渡した。多恵に関する部分だけのものを。そのときに、なぜ貰えないかも説明した」

「絹さんについても確認したい」

「父が健在のときに貰っている。私たちが生活の援助をするというのは惨めだから」

「多恵さんへの援助金に関しては？」

「援助した」とは言うが、詳しく突っ込まれると、「憶えていない」と逃げる。

「タワーマンションの原資は？」

「財産を貰って得たお金です」

「法定の遺留分を支払う意思があると調停で言っているが、生前贈与分に関しては？」

「五千万円の要求だったので、調停時の弁護士ともその支払いについて話をした。今後一切文句を言わないと多恵は言っていたので」

「弁護士が関わってきたのは何回目の調停からか？」

「二回目の最後の一度だけ出席した」

「竹友さんが和解金を出さない理由として、遺留分滅殺の主張は成立しないとの認識だが」

「竹友はそういう主旨だと思う」

次に裁判長から道子へ。

「お父さんが他界した翌年頃に公正証書を見せたということだが、それは全部？」

「見せた。多恵には全体は見せていない」

「どのタイミングで『多恵には何もない』ことを説明したか」

「多恵は自分だけ貰っていないと憤慨していたが、私がそう言ったから『当初から』訴えると言っていた。ならば他のきょうだいも貰っているから全員訴えろと言った」

道子の代理人から道子へ。

「多恵さんが生活保護申請を却下されたのはいつと思うか」

「調停を起こす以前」


午後五時前、裁判官らは合議のため裁判官席後方のドアから退席した。五時七分に戻り、和解は無理とのことで、二か月後に「判決」を言い渡すと告げられた。

帰りがけ、裁判所内の別室で島崎先生から「間違いなくこちらの『勝利』です」と告げられた。通常、裁判官の意見が割れると口頭弁論は次回に続くが、『判決を出す』ということは裁判官全員の意見が合致したということらしく、「時効」が認められたとのこと。もし次回以降も裁判が続くとなると、個々の財産の詳細を公表せねばならず、莫大な金が掛かるらしい。その意味でも裁判官が英断してくれたので良かったと島崎先生は仰っていた。

道子の弁護士が近づいてきて、上機嫌で島崎先生に「今度、コーヒーを奢って」と肩を叩いていた。「むしろ菓子折を持っていかねば」と島崎先生が発するほど、勝利は確実らしい。嬉しいし、人心地ついた。

ところが、判決が出る四日前に島崎先生から「裁判所から『竹友さんについては、判決が出た後も、口頭弁論がある』と言ってきました。私が対応するので出頭の必要はありません」との連絡があった。

20

判決の日、念のため文子と共に裁判所へ赴いた。傍聴席に着くが、他に傍聴人はいない。

法廷内も裁判官以外、誰もいない。裁判長から「六四五号事件、一、二審とも原告の訴えを棄却する」との判決を告げ終了。キツネにつままれたような感覚に襲われた。

職務上一定の手続きというか、形式を踏まねばならないのだろう。ただ、やはり意味がよく分からない。俺の口頭弁論は続くはずだが、何の言及もない。

裁判所の駐車場から島崎先生に電話した。島崎先生は「裁判所に行くのなら詳しく説明すべきでした」と恐縮しつつ、「今日の判決は、秀樹、道子たちについては調停で解決しているため、秀樹・道子・美代子が勝って終了」ということらしい。俺については、あくまで推測ということを前置きしたうえで「おそらく時効が成立したとの理由付けが難しいため」とのこと。

「どういうことなのか裁判所に確認しますが、最悪のケースとしては相続分だけでなく生前贈与分の財産すべてについて評価額を出し、これに基づいて算出した法定額を支払うことになるかもしれない」らしい。道子と母のせいで、こんなゴロツキにみすみす大金をふんだくられるのかと思うと、意識が飛びそうなほど怒りが湧く。あまりに理不尽だ。

裁判所からの帰途、湾岸を走らせていると雲に照り映える、燃えるような夕焼けだった。本来なら美しいのだろうが、どこか荒んだような印象しか感じない。文子も押し黙ったままだ。

傷心に打ちひしがれている日々の中、母から電話が来た。

「秀樹の嫁から電話がなかったか？　ワッチの生活費を皆で出そうということになってい
る。あんたもできないかねー」

「あなたを引き取って面倒を見るといった道子たちはどうなっているの」

「あの二人は体調も悪いし忙しい」

「今回の裁判で俺だけがターゲットになり、それどころじゃない。終わるまで何の話もし
たくない」

「では、できないということだね」

一方的に電話を切られた。

心身の悪化と裁判や職場のストレスもあって気分は最悪だというのに、何を企んで感情
を逆なでしてくるのだろうか。道子が裁判の結果を知って、面白がって母を利用して精神
的に揺さぶりをかけてきているのだろうか。

そもそも道子がこの母親の口を通して、多恵の耳に「竹友が二千万円払うことになって

いる」などというデマを吹き込まなければ、この裁判は完了していたのだ。

お年玉は没収され続け、どれだけ尽くしても「何もしてもらったことがない」と親戚の前でも裁判所でも言い放ち、俺の魂を痛めつけ雑巾のように使い古そうとする。こんな母とは二度と顔を合わせたくない。

その晩遅く秀樹から電話があり、妻が言うには、生活費要求の件で母は「竹友は裁判が済んだらやる（出す）と言っていた」と嘘を吐いたらしい。秀樹は母について「悪知恵だけは働かせるから可愛げがない」と憤慨していた。道子は秀樹の嫁に「実家をこのままほったらかして崩れでもしたら、訴えるから覚悟して」などと脅迫しているらしい。

その後、母からはしつこく電話が来る。まったく神経を疑う。文子が機転を利かして取り次がずに済んでいたが、とうとう真夜中に電話が来た。

「秀樹の嫁から電話がなかったか」

「ない」と答えると、母は生活費云々、道子たちは金が無くて云々、親孝行云々と言い募るので、俺はぶち切れた。

「道子たちはマンションを二つ売って億の金を持っている、俺の家の周囲の駐車場代だけで年間一千万円近く入る、これに軍用地料も入ってくる、しかも道子たちは独身だ。『俺には養わないといけない家族がいる』と話しても聞く耳を持たず、こっちはほんとに困っているのに平気で凭れてくる。至昭さんの前でも裁判所でも、俺には何もしてもらったことがないだの、年に一回正月にしか来ないなどとほざき、『あんたは道子がワッチを看ることに了解よね』と至昭さんの前で二度も確認しておいて、金が欲しくなるとこっちにたかってくる。公正証書にも道子たちがあんたの面倒を看るように書いてある。そのために莫大な財産を与えたのだ。道子は父を騙し俺たちを憎悪させた。これだけ口酸っぱく言い聞かせてもなお、道子をかばい立てするか、あんたたちのせいで俺だけ裁判が長引き、土地の評価額を出すだけで莫大な金がかかるうえ、これからあの獣にいくら取られるか分からない。そんな俺に金の話はするな、電話も掛けてくるな！」

叩きつけるように電話を切った。

それから十日ほどして、文子が近所のスーパー（母の遊び場であり仲間のいる例の大型スーパーだ）に買い物に行ったら母と美代子がいて、近くに車椅子もなく、母は歩いて買い物をしていたらしい。道子の姿はなかったみたいだから、母に対する得意の病気アピールをしているのだろう。どいつもこいつも役者である。

口頭弁論の日、島崎先生から今日の報告と次の口頭弁論が一か月後にあるので、その前に打ち合わせがしたいとの申し出があった。次回口頭弁論の一週間前に、先生の事務所で面談することで日程調整した。

「微妙な事案で、多恵は負けるが控訴してくるでしょう。そうなると二審でも手に余り、一審からやり直しというケースも出てくる」

和解であれば控訴はなく、裁判官からは秀樹が調停で支払ったのと同額の百万円での和解を希望しているとのことなので、それで済むならと了解した。ただ島崎先生からは「多恵さんが百万円で納得するとは思えない。いくらまでなら出せるのか、念のため奥様とも相談しておいた方がよいです」との助言があった。

「実は多恵さんの弁護士ともいろいろ話をしており、先方も多恵さんを説得しているようですが、『ああいう性格だから、前の弁護士から自分に替えたように別の弁護士に鞍替えする可能性もあり得る』と仰っていた。人事異動で裁判官も替わり、書類でしか判断しないので微妙な部分が理解されるかは難しい状況です」とのことで、どうも厳しい方向に傾いているようだ。

いずれにしても俺としては百万円を提示する。応じなければ徹底的に闘う。このゴロツキの金が尽き、借金もできず身動きが取れなくなるまで。そのために俺が借金をすることになろうとも、手を緩めず決して引かない。

口頭弁論の一週間前、「思いやり法律事務所」に赴き島崎先生と面談した。

「一切支払う意思はないと棄却すれば『控訴』ということになるので、百万円の提示案は良策だと思います」

「今も気持ちとしては一円たりとも出したくはないですが、落としどころを見いだして和解しなさいというのが裁判官の意向であれば、百万円で進めてほしいです」

「裁判官から具体的な数字が示された以上、多恵さんがどうごねようが法外な金額は要求しづらいはずです」

「それでも多恵がNOと言うのであれば、絹から相続した土地を渡したいと考えています。それ以上は譲れませんし、父が他界したときの算定法を援用してみると、遺留分としてはそれで十分過ぎる金額になります。それでも金に目が眩んでいるので、もっとと吹っかけてくると思います。要求額の根拠は示せないでしょうが」

と言うと島崎先生も頷いていた。先生には伝えていないが、俺の体調は芳しくないので、来る口頭弁論の傍聴に赴くことはせず、先生に一任することにした。

翌日、秀樹から電話が来た。

「母からオレの妻を通して『秀樹と秀樹の子と孫まで訴える』と言ってきた」

「道子がそう言わせているのでは」

「オレは奴らに何も悪いことはしていないし、間違ったこともしていない。道子の作り話を信じて言わされているにしても酷過ぎる。親ならば普通そこまでは言わない。この母娘はもはや人間ではない」

「しょせん生活のために結婚した相手との子や孫には、何らの愛情も持っていない。対外的にそのふりをしているだけだ」

それにしても、ひどい話である。

21

絹の相続の清算をした。これで一件解決。道子たちとの縁は切れる。予想通りずる賢い道子は来なかった。多恵に罵倒されるからだ。用件が済むと俺も美代子も帰ったが、秀樹は多恵に引き留められて少し話に付き合ったらしい。しばらくして秀樹が我が家に来た。

「多恵から『うちの弁護士から、竹友からは取れないと言われている。秀樹兄から呼び掛けてみんなを集めてほしい』と頼まれた」

「俺たちはあんたの財産を侵害していないので外せと再三言っても聞かずに訴えたくせに、裁判に負けたとたんそんなことを平然と頼んでくるのか。しかも俺との裁判はまだ決着がついていないのに」

「オレとの裁判は終わり、勝ったとはいえ、莫大な弁護士費用がかかった。『お前には意味のない出費を強いられた。どの面下げてそんなことが言えるのか』とさすがに頭に来て叱り飛ばした」

多恵は財産を貰っていたとしても、短期間で使い果たしてきょうだいにたかってきていただろう。きりがないし、助けようにも助けがいがないのである。こいつの金銭感覚は狂っているのだ。

道子の悪質な所業があったにせよ、多恵がどう屁理屈をこねようと、元々財産を貰えないようなことばかりしでかして、父の心証は悪かったのだ。ところが秀樹に叱責されると、「あんたはたくさん財産があるから、そんなことが言えるわけさ」とまったく悪びれることなく口答えしてきたらしい。まったく救いようがない。

それから二週間ほどして俺が仕事から帰宅する途中、道子たちの車とすれ違った。美代子の運転で、道子は助手席でピンと背筋を伸ばして座っていたが、般若より恐ろしい顔だった。

至昭さん宅の方向から来たから、裁判の結果報告にかこつけて、菓子折りでも持参して心証を好くしたうえで、俺や秀樹、多恵のことを悪し様に伝え、作り話を擦り込んできたのだろう。

そのことを電話で秀樹に伝えたら「オレの妻は道子に『あんたたちとの裁判が終わったら、次は竹友だから』と言われている」

「盗人猛々しいな」

「良からぬことを画策しているだろうし、至昭さんのところにも行っているのであれば、いよいよ何か起こすのかも」

「そのときは徹底して闘うだけ、俺らには何の非もない。負けるわけがない」

ところが十日後、事は多恵から起きた。俺に電話してきたのだ。

「さっき至昭さんのところに行ってきた。『みんなで集まって話がしたいから呼びかけてほしい』とお願いしてきた」

「気の毒だから、もう至昭さんを巻き込むな、煩わせるな」

「これが最後だから。至昭さんも関わりたくないと渋っていたが、頭を下げて了解してもらった。道子たちは母ちゃんを施設に預けて逃げるつもりだろうから、絶対に逃がしたくない。みんなにはそばで聴いてもらい、証人になってほしいだけ」

「来るとは思えないが、道子たちを含めてみんな来るなら行く」と返答しておいた。

多恵とはいまだ係争中だし、道子たち抜きだと無意味だから絶対行かない。最大の悪は道子と母だが、多恵だって別種の意味で最悪なのだ。それなのにまったく自覚がない。

通話を終えて一時間も経たないうちに、また多恵から電話が来た。

「至昭さんの家からの帰りに実家に寄ったら、道子たちがいる。話をしてほしい」と言うや否や、多恵だけでなく、道子、そして美代子まで入り乱れて交互に電話が来る。収拾がつかないし、うるさいので実家へ行った。

多恵は「うちは金の話は一切していない。母ちゃんの件は遺言でも道子が看ることになっているし、以前に至昭さんの前でも道子は『私が母の面倒は看ます』と言ってはいるが、至昭さんに『看るつもりだったが、他のきょうだいにいじめられてそれどころではなくなった』と言って逃げを図るはずだから、それだけは絶対に阻止したい」と主張。

この発言に対して美代子が激昂し、「母ちゃんの面倒はこの半年、ずっと自分たちが看ている」と言う。多恵はすかさず「公正証書遺言ではずっと前から看ないといけないことになっているのに何、半年?」と返していた。

道子は、「至昭さんは『おばさんの件ならば、多恵さんじゃなくて秀樹君からあるべきじゃないか』とあんたに疑問を抱いているよ」と言い出す。

「秀樹兄は体調が悪いから代わりに動いた。秀樹兄だけがうちの味方」と多恵は言う。

「あんたからの『死ね』だの『殺す』だのと六十件余りの母ちゃんに対する脅迫メールはあまりにひどい」と道子が言うので、俺が、「事実なら弁護士を通して裁判に訴えるなり、警察に対処してもらえばいいだろ」と吐き捨てるように言うと、「母ちゃんは多恵をかばってそこまではしたくないと言っている」などと言い訳をする。

多恵も、「嘘を吐くな、このひとでなし。父ちゃんも騙して財産を盗ったくせに」と罵倒する。

「ウチが一番財産を持っているとは思っていないし、母ちゃんに関する費用はみんなで負担すべきと考えている。公正証書の解釈もいろいろある」

「ない! 書いてある通りだ」

俺がそう言うと、「いずれにしてもウチは法律に従う」と、道子は自信ありげに言う。

「弁護士の見解を確認したのだろうが、そんなことは関係ない。俺と母の問題で『何もしてもらったことがない』と言い放ったのだから、今後俺はほんとに何もしない」

「母ちゃんの件は調停にするしかないね、嫁を通して秀樹も調停でいいと言っている」

「さっさとそうしたらいい」

　横から多恵が道子に「あんたは『私が母を看る』とほざいたことをなかったことにするつもりか」と激昂。多恵の迫力に圧されて道子たちは逃げ帰ったが、その様子は多恵が動画に録り、道子たちに向かって「SNSで暴露するから」と叫んでいた。

　帰宅後、秀樹に電話すると、やや興奮した様子で話し出す。

「夕方、多恵から電話があり、至昭さんのところに行ったということを聞いてむかっと来た。しかも道子たちに『うちに財産を分けるよう秀樹兄から口添えしてほしい』と言われ、ただでさえ道子たちとは関わりたくないし、第一『あんたはオレが他人にさえやられたことのない裁判で訴えてきて、損害を与えたんだぞ』と叱り飛ばして電話を切った。多恵の味方なんかするわけがない」

　秀樹にはその後も何度か携帯に着信があり、無視していたらしいが、家の固定電話が鳴り、取ると果たして電話は多恵からで、しかも道子の声まで聞こえてきたので、完全に頭に来て電話を切ったとのこと。その直後に多恵は俺に電話してきたようだ。

それから三日後に道子から、一週間後に母が「白百合苑」に入所することになったと連絡があった。祐輔さんが理事をしている施設だ。道子は恩着せがましく、介護保険の手続きは自分たちがやったと言う。

「ウチらは遠方なので、近くのきょうだいの連絡先も記すことになっており、あんたは順位二番目にした。施設から近いうちに連絡があると思う。ＯＫかダメなのか返答してほしい」

「県内で遠方もへったくれもあるか、そもそもなぜあんたたちのマンションの近くの施設にしない。おかしいだろ。嫌がらせか、何を企んでいる」

俺が訊いたことには答えず、はぐらかす。

「多恵は施設にまで乗り込んできて、スタッフから『ここは家族の内情の話をするところではありません』と注意されると、『ここは家族が来ても追い出すのか』と大声で騒ぐ」

「だから、それが事実なら警察に突き出せばいいだろ」

これにも答えず、話を変えてくる。

「実家の床はぼろぼろで、役場の人も『これでは車椅子は無理』と言っていた。秀樹の嫁も、その工事代金についてはきょうだいで分配してほしいと言っている」

「あんたが言ってるんだろ。なぜ人をダシに使う。ほんの数日前の話を忘れたのか。母に関することはあなたの問題！」

電話を切った。不愉快。俺は道子の電話番号を教えてほしいと多恵に懇願されても勝手に個人情報は教えられない、と配慮してやっているのに、この女は勝手に人の名を使っている。

その二日後、早速「白百合苑」から俺宛に電話があったらしい。文子が「仕事から帰ってくるのが大体七時頃」だと伝えると、では掛け直しますと切ったらしい。中年の女性だったが、どことなく険を感じたと言う。俺ら夫婦に悪印象を抱くよう道子が作り話で先入観を植え付けたのだろう。結局その日電話は来なかった。

後日、多恵から電話が来た。

「道子に『集まって話がしたい』と電話したら断わられた。至昭さんからも『長男の秀樹君から話が来るのが筋だから、そうでない限りあなたの要請には応じられない』と言われている。かといって秀樹兄は逆上するばかりで取り付く島もない。竹友兄から至昭さんにお願いしてほしい」

「俺から至昭さんに話をするのも筋ではない」と電話を切った。直後に道子から電話。

「多恵からの度重なる打診で、至昭さんは困り果てている。秀樹は電話に応じない卑怯なやり方をし、ウチの電話番号も多恵に教えて結託している」

「俺に愚痴ってもしょうがないだろ、何の用か」

「いざというときの連絡先順位として、ウチが一番、あんたは二番目になっている。白百合苑から連絡がなかったか」

「不在のときにあったようだが、その後は来ていない、だから用件も不明」

何を企み、何を聞き出したいのだろう。

翌日の晩、白百合苑の担当（例の中年女性）から電話があったらしいが、俺は入浴中だった。避けられていると思っているのか、少し怒っているような印象を文子は受けたので、

「この前七時頃ならいますと伝えたら、掛け直しますとあなたが仰ったから主人はずっと待っていた。それなのに電話をしなかったのはそちらですよ」と返したうえで、今日がもう無理なら明日電話してくださいと伝えたとのこと。

あくる日、白百合苑から電話が来た。

「お母様の入所に伴って、病院受診の際の連絡先として了解されますか」との打診だった

が、丁重にお断りした。

特に理由は訊いてこなかった。秀樹に電話し、白百合苑の要請は断わったと伝えた。連絡先の件について秀樹は初耳のようだ。

秀樹によると、母から秀樹の妻に「ワッチが施設に入っている間、実家の開け閉めをやってほしい」と言ってきたらしい。秀樹は「オレたちを追い出しておきながら平気でそんなことを頼んでくる」と憤慨し、「道子たちがいるだろう」と伝えさせたら「多恵が来るから怖い」などと言い訳も準備されているらしい。

「そもそも父ちゃんが他界してからは、多恵も道子たちもほとんど来たことがないし、ましてババアは施設に入所しているのに、多恵が実家に来る理由などない」ことを妻に伝えさせたとのこと。

数日後、道子から電話が来た。

「白百合苑からの連絡先要請を断ったらしいね。あんたが保証人を断ったことで秀樹たちも断ってきた、宙ぶらりんで今のままでは入所できない」

「美代子がいるだろうが」

「あれは多恵に暴力を振るわれて倒れている。死ぬかもしれない。しかも美代子は四年半前から、水を使ってはいけない病気に罹っており、ウチはその面倒も看ないといけない」

母を看るつもりがないから、平然と底の浅い嘘をこしらえてくる。

「美代子は多恵からいつどんな暴力を受けたのか、警察に突き出すべきではないのか？俺が警察に通報しようか」と言ったら狼狽えて、「暴力ではなくて……動画に撮ってSNS……」と、もごもごしながら話をすり替えようとする。虚言もそこまでは作り上げていないようだ。

「宙ぶらりんと言うが、なぜいつも俺と秀樹か。多恵もいるだろう」

「母ちゃんもウチたちも多恵とは接見禁止命令が出ている」

「母ちゃんは裁判の当事者じゃない。保証人としての連絡先になるのと何の関係がある。あんたの屁理屈は破綻している。何度も言うが、母ちゃんについては今後俺とは何の関係もないので一切見るつもりはない」

「あれは馬鹿だし、しょっちゅう小さな嘘も吐く。でももうあと何年生きるか分からない年寄りで、今の姿を見たらそんなことは言えないはず」などと情に訴えてくる。

「知ったことか、人は誰でも死ぬ」

「考え直せ。ウチなんか周囲の親戚が驚くくらいのことを母ちゃんにされてきた」

「なんであんたと比較しないといけないんだよ、これは俺自身の感情の問題だ。母ちゃんから以前、『ワッチは父ちゃんの姉さんたちに頼まれて結婚した』と聞かされた」

驚くかと思いきや、「そう、父ちゃんの姉八人で母ちゃんを迎えに行っている」と、この発言の重大さを何とも思っていない。

「ウチは病気の件で嘘を吐いたことは一度もない」などと嘘を吐く。

「では、なぜ物証ひとつも示さないの」

「なぜそこまでしないといけないの」

「あんたが病気アピールばかりして逃げるからさ」

突っ込まれたくなければ、病気などと主張しなければよい。関係ないし聞きたくもない。

診断書を求めたときには「仲地の叔父さんに預けてある」と言い、母は「至昭が持っている」と言っていた。叔父さんから何も言ってこないし、至昭さんを交えた協議の場で、その件を持ち出しても至昭さんは無反応だった。

「ウチはあんたたちがどれだけの財産を得たのか詮索しないのに、なぜウチたちのものを知りたがり怒るのか」

平気で話をすり替えてくる。

「父が他界して十年も経って、多恵が調停を起こして初めて『公正証書』が出てきた。あんたは意図的にずっと隠し通そうとしていた。何度請求しても出してこなかった。そして多恵が訴訟を起こすまで生前贈与があることすら、誰も知らなかった。

前田家に寄生してきたあんたは俺らのものも含めて財産状況をすべて把握している。そしてあんたと美代子の生前贈与分はあんたが手続きしている。あんたは俺らと同レベルで権利主張してくるが、父ちゃんは生前『女には財産は一切やらない』と言っていた。俺も秀樹も『女にもある程度は分けるべき』と父に叱責されながらも進言してきた。それはあんたも側で聞いていたはずだ。そんな俺たちをあんたは平気で裏切った」

「保証人がいなかったら誰かを頼まないといけない。至昭さんは『おばさんのことはやるから』と言っている」

こちらの話は一切無視し、脅迫まがいに至昭さんを持ち出してくる。強欲な道子の狙いは母について、金銭面も介護も俺たちに押し付けようとの意図だ。

「金銭面については公正証書の解釈どおり、全面的にあんたたちが負担するものだと認識している。『母の面倒は私が看ます』と明言しているし、介護面もあんたと美代子が中心だが、介護については俺もある程度は看るつもりでいた。幼い俺を騙し、小遣いもお年玉も没収されたがそれはもはやいい。ただ、骨折時の手術・入院費、月々の小遣い、ベッドをプレゼントしたこと、我が家に引き取ろうとしたこと、プレハブの一軒家を建ててあげようとしたこと等々、すべてなかったかのように『竹友には何もしてもらったことがない』と言い、裁判の尋問の数日前に花と小遣いを渡したばかりなのに、裁判所で『竹友は年に一回しか来ない』などと言い放ち、その数日後には『お年玉をいくらか返したい』とおびき寄せ、金をせびろうとしたことなども重なり、もはや感情の部分で無理、こんな人間とは向き合えない」ことを伝えた。

同日、美代子に電話してみた。予想はしていたが即座に「電話に出られません」との音声が流れた。直後に秀樹から電話が来た。

「道子から電話があったか」

「あった」

「道子はオレだけでなく、子供たちも含めて、訴えると言っているらしい」

「本来嫁さんも子供たちも関係ないのだから、当事者である兄貴が直接対峙したらどうか」と促すが頑なに拒否する。

「俺と兄貴、道子たちの四人で徹底的に討論するというのはどうか」

「あんただけでやって。あれと話をしたら言葉に詰まり負ける。オレは自信がないし、口から嘘しか出てこない人間とは一切接触したくない」

無理もない。心情は理解できる。

翌日も道子から何度も着信があったが無視、というかこっちはそんなに暇じゃない。仕事もせず、潤沢な資産でのうのうと暮らしている独り者とは違う。秀樹からも着信があったことに気づき掛け直した。

「道子から妻に電話があったが、お前にも来たか?」

「忙しいから取らなかった」

「白百合苑の件は、オレの嫁を順位一番にしたいらしい」

道子には母を看る気はさらさらなく、不信感しかない。道子は「秀樹が話し合いに応じないなら、長男のところに弁護士を行かせる」などとも脅迫しているらしい。そのうえ、母までダシに使い「母ちゃんはあんたたちの孫まで訴えると言っている」などと言いながら、一方で母は「ひ孫も見せてくれない」と嘆いているなどと矛盾した物言いに秀樹は怒っていた。その後、道子から「秀樹の嫁は署名した」と俺の携帯にメールがあった。

それからさらに四日後、祐輔さんから電話があったようだ。俺は残業で不在のため、文子が対応している。

祐輔さんからの電話内容は、「緊急の連絡先は僕でもいいと言ったが、あなた方のお母さんから、子供が望ましいし、それが筋と言われた。あと一人連絡先が必要となっている。竹友はできないか」との打診。

これに対して「道子と義姉の二人で満たしているはずなのに、なぜあと一人なのか」と文子が尋ねると、道子は体調不良を理由に名前を書いていないことが判明した。案の定だ。こちらを悪者にする意図と、塵芥は前田家の人間に押し付けて、自分は「実」だけを持って逃げるつもりだ。とことん汚い。

母の面倒は私が看ると言いながら、勝手に白百合苑に入れる手続きをしている。祐輔さんには帰宅後、すぐに断りの電話を入れた。

この日は昼前に「おもいやり法律事務所」から俺の携帯に電話があり、「多恵には裁判官からも和解に応ずるよう説得したが、まったく聞く耳を持たなかった。そのため二か月後に判決が出ることになっています。一般の人には分かりにくい『主文』を読み上げるだけなので、わざわざ裁判所まで出向く必要はないですよ」とのこと。

つくづく多恵は阿呆である。「裁判」という重い現実の中での遺留分と、自分の希望額を混同している。しかも自分で「遺留分減殺請求」事件を起こしておきながら、その意味すら理解できず、根拠も示せず、単なる感覚だけで莫大な金を欲しがり、取れると思っていた。数百万円はこの女にとっては金ではない。市井の人たちの十円や百円程度の感覚でしかない。

最大でも遺留分しか取れないということをまるで分かっていない。最初の調停ですでに遺留分を超える三千七百万円を手にしているのだ。どんなに生前贈与分を加えたところで追加は発生しない。和解に応じた方が得策なのに、愚かとしか言いようがない。

道子たちや母、多恵といい、この女四名が関わってくる度に魂が汚されていく思いがする。俺に落ち度はない。全部この女たちに巻き込まれてのものだ。

秀樹から着信があった。緊急連絡先について、秀樹たちは元々誰も署名などしていないことが判明。秀樹は、「道子は悉く嘘で固めてきている。オレは会社勤めをしてから自分で年金を納めてきた。大学時分は未納だ。お前だってそうだろう。父ちゃんは生前、女に財産はやらない代わりに年金は自分が納めてあげると言っていた。そこまでやってもらっていてオレたちの生前贈与分も、残る財産も全部騙し取っていながら、なお、正当に家を継ぐ者たちにこんな仕打ち。施設も自分たちの億ションの近くにすればよい話。あえて白百合苑にしたのは、祐輔さんや至昭さんを巻き込んでオレたちを悪者に仕立てて自分らは逃げるためだ」と激怒していた。

22

判決が出た。島崎先生から電話があり、「原告の請求をいずれも棄却する」との判決で、こちらの全面勝利となった。ただ、判決文が送達されてから、二週間以内に控訴できることになっているらしい。欲に目が眩んだ多恵は、裁判官の説得にも自分の弁護人の説得にも応じず、心証は良くないだろう。

控訴しても結果は同じで、長引くほど金だけがかかる。それでも浅ましいから控訴するかもしれず、島崎先生は、「裁判所に確認しながら動きがあったら連絡します」と仰ってくれた。

秀樹から電話が来た。

「ババアはオレの妻に電話してくるが、出られないときは娘にまで電話する。施設に居られるのは三か月間らしい」

「道子たちは何もせず、顔も金も出さないのだろうな」

「『私が看ます』とほざいた道子は『美代子の具合が悪い』と、想像通りの嘘で逃げているらしいぞ」

その翌日、道子から電話が来た。

「至昭さんから『おばさんのことどうするの』と訊かれ、秀樹の嫁と電話で話をした。白百合苑には三か月しか居られない。でも崩れかけている実家には戻せない。白百合苑からも『危険な所に帰すわけにはいかない』と至昭さんに電話があった」

「なんで署名していないあんたがそれを知っているの？　至昭さんは秀樹の連絡先を知っているのに、なんで秀樹ではなく、あんたに来るの」

「秀樹は至昭さんが電話しても取らない」

「秀樹は至昭さんはじめ親戚からの電話は取るようにしている、来ないだけと言っていた。どっちにしろ俺に言うことじゃない。土地の当事者であるあんたと建物の当事者である秀樹と話すべきこと」

俺がそう言うとすかさず話を変えてきて、「多恵からは脅迫メールが来る。あんたが教えたのか、でなければ秀樹が教えたのだろう」と言う。

この女は俺の電話番号はあちこちに漏らしておきながら、俺らの名誉を棄損するようなことを平気で口にする。道子の番号は施設に乗り込んだ多恵が、母の携帯から捜し出したものだ。本人が言っていたから間違いない。

「美代子は心療内科も受けているが、本人は公にしたがらない。現在は多恵の暴力により顔面麻痺の状態で、ウチは医者の指示で見張っている。また汗疱という汗を出し切れない病気になって五年になる」

これは俺のような手掌多汗症が罹る病気で、むしろ汗と体液が出すぎるのでパッチテストが必要になる。道子は、ここまででたくさんの嘘を吐いている。

「美代子の片目は変な方向に向いているし、体はブルブル震え、薬を飲んでも眠らない」などとあり得ない話をする。

「そして、死のうとするから……」と嗚咽まで披露し、「だからずっと見張ってないと……」などと言う。

「これがほんとなら、入院していなければおかしいよな。これまで何一つ証拠を示さず、過去の話も病歴も矛盾だらけで信用できない」

そう言ったとたん声音が豹変し、「あんたがウチを信用しないように、ウチもあんたを信用していない。診断書をあんたに見せたら、これが多恵にばらされる」と怒り出す。

「あんたは多恵にも病気アピールを自らしてきた。ばれたら何だというのか。俺はちゃんと根拠があってあんたを信用していない。それに俺はあんたたちに嘘を吐いたこともないし、何ら迷惑をかけたこともない」

「至昭さんや祐輔さんに診断書を見せるというのもだめなの？」

「なんで無関係の他人に見せる必要がある。俺は何も小難しい書類を『提出』しろとは言っていない。仮病を理由に狡く立ち回って人を陥れようとする、しかも聞いてもいないのに、自分から今回はこういう病気と申告してくるから証拠を出せと言っているだけだ。簡単なもので確認できればそれでいいし、求めているのは俺だけだから他のきょうだいに見せる必要もない」

「以前、叔父さんたちを病室に呼んで説明した」

「利害の絡まない他人は一方の話を信じる。善意が先に来るから。そこへあんたは演技までして見せる。それは嘘を吐いているということ。だから信頼に足るものを見せろと、極めて当たり前の話をしているだけだ」

旗色が悪くなったからか、苦し紛れに「秀樹たちは『あの人たちは何もしない』と遠回しにあんたたち夫婦の悪口を言っている」ことを仄めかしてくる。そのくせ、今日話した美代子の件は秀樹にも誰にも言わないでほしいと口止めする。どこまで恥知らずなのか。

頭に来た俺は、「あんたも母もグルになって嘘ばかり吐く。こんな嘘つきとどう向き合えばいいというのか。誠意の欠片も良心もない。向き合いようがない。どうやって財産を分捕って、どんな嘘を吐き、どこが矛盾し、あんたの論理がいかに破綻しているかは、すべて記録し裏付けも取ってある」と声を荒らげて伝えた。

美代子の件も「そこまで言うなら多恵を刑事事件で訴えたらいい」と言ったら、例のごとく屁理屈をこねてくる。何も悪いことをしていない秀樹については子や孫まで訴えると言うくせに。

一週間ほど経って、今度は多恵から電話が来た。

「この前たまたま道子たちと実家で出くわした。道子は『みんなが金を出すんだったらウチも出す』と言っていた。だから集まって話がしたい。秀樹兄にさっき電話したら『竹友が来るのであればオレも行く』と言っていた。裁判では何も取れなかったし、弁護士からもこれ以上やるなと言われている。きょうだいで出し合って分けてほしい。娘の入院費で金が掛かっている。金はすぐ無くなる、だから軍用地が欲しい」

「道子たちから取れ、俺らが出す筋合いじゃない。あんたは俺と秀樹兄を三度も訴えたということを忘れるな」と突き放した。裁判を学級会程度の認識でしか捉えていない。第一、秀樹に軍用地はない。自分の弁護士が作成した資料の中身すら把握していない。

「集まりたいと言ったって道子たちが来るわけがない。『みんなが云々』もその場しのぎの言い逃れで、嘘に決まっていることはあんたも分かっているだろう。金が無くなる？そりゃ三千七百万円を短期間で使い切るような金銭感覚じゃ、一億円でもあっという間だろう」

控訴については、多恵の代理人も着手金がある間はいいが、通常は一審に準じて棄却されるだろうから、控訴しても負けるし、今後長引かせても弁護費用を出せないことは重々承知しているはずだ。でも相手は理屈の通用しない人間だ、油断はできない。

今回の話も、いったん軍用地を手にしたら、これを担保に大金を借り入れ、控訴の費用に充てるつもりかもしれない。俺が勝つにしたって、長引けば金はかかる。無意味だ。

「母ちゃんの携帯にメールで悪口を送ったら、操作できないはずなのに『既読』となっていた。常に道子たちがチェックしている証拠だ」

それで母の携帯を通じて道子たちに罵詈雑言を送信しているらしい。

「うちの友達がたまたま母ちゃんに会い、『美代子は多恵にいじめられて心臓を悪くしている』と告げられ、それは誤解であることと、これまでの経緯を聞かせると、友達は『悪いけど、当初はあなたのお母さんを信用していた』と告白したうえで、裁判を起こしたらいい、証言し援護するからと言われたが、勝ってもいくらにもならないらしい」と結局は金目。ちなみにその友達はつい最近、例のスーパーで美代子と母が買い物をしているのを目撃したらしい。道子と母の嘘はどんどんメッキが剝がれていく。

23

「おもいやり法律事務所」から連絡があり、期限が過ぎても控訴はされていない、とのことで俺の全面勝訴が確定した。俺と秀樹は「貰い事故」に巻き込まれたようなもので被害者だ。でも良かった。ほっとした。ようやく、この恩知らずとは縁が切れる。島崎先生には感謝しかない。

今後の懸案は邪悪な道子たちの動向だけだ。本来嬉しいはずなのに、なぜだか日が経つにしたがい気分が沈み、どんどん気持ちが塞ぐ。

少し前に俺は会社に「退職願」を出した。根拠もなく左遷され、九年間昇進がなかった。ずっと次長職からリーダー課長兼務の繰り返しだ。それでも完璧主義な面がある俺は、仕事そのものに喜びを見いだそうと努力した。

ただ、最近は薬の影響で、自席で寝ていたのかも、と思うことが何度もあった。薬が馴染むまでの辛抱と思っていたが、良くないことに三度目の異動先では、どのプロジェクトもすでに進んでいるため一から内容を把握するのが先だったが、正直な報告をしない部下がいた。

しかも報告書の類いも文言が分かりにくいものだった。一言一句なぞって「これはこういう意味か」「そうです」を繰り返して、十分確認してから「取締役会」に挙げるのだが、確認したこととどんどん外れていく。

担当役員も俺同様、就任したばかりだ。しかし役割上、俺の報告を信じるしかない。この部下を呼び出そうにも別の現場に逃げる。元々愉快犯的な要素をこの新たな部下は持っていた。

取締役会に駆り出される度に針の筵だった。この部下を捕まえ、当初確認した資料を基に「これはこうなんだよね」と再確認すると違うと言う。「こういう意味ではなかった」

と平然と言ってくる。

その頃には俺は人間失格というか、会社で発作こそ起こさないが、昼休みに車で横になると、休憩時間が過ぎても起き上がれない状態が続いた。やがて、業務どころではなく、ますます強烈な眠気に苛まれていった。

つまり、仕事らしい仕事がまるでできていない。不本意ではあるが、これはしばらくの間だと自分に言い聞かせ、いずれ復活できるはずだと思っていた。

心身の不調で有給休暇を取った翌日に役員室に呼ばれた。担当役員が「まぁ、座って」と穏やかに促してくれたが、ソファに腰を下ろした途端、突然の叱責、というより、罵倒が始まった。俺がポンコツの状態なので、休みの間にご注進に及んだ者がいたのだろう。自分が情けなかった。

当初の部署は完璧に作り上げ、受託費についても算定法からすべて根拠を積み上げて確立し、新規の事業も次々と提案し、受注に結びつけてきた。部内に「新規事業懇親会」を立ち上げベンチャー意識の醸成や社の売上げに資するような業務展開をしてきた。

常に矢面に立ち、売上げも利益も伸ばしてきた。中にはこちらの立場を考慮する想像力のない、視野の狭い部下とその子分の反発もあったが、概ねうまくいっていた。

ＩＳＯという国際標準の審査に対しても、他部署は業務をすべて止め、全部員待機させ対処していたが、俺の部署は最も人数が多いのに仕事は止めることなく、部長職も不在の中、俺一人で社長ヒヤリングなどに対処した。部員誰にも迷惑も面倒も掛けていない。それでもそれを理解できず、自分だけが大変と思い込み、反発する部員もいた。それでも彼らが「安全で安定している状態」に気づかないほどフォローし、まとめ上げた。

そうしたこれまでの俺の矜持は、その日の役員室でズタズタにされた。かつての実績は無いことになり、「課長にはみんな付いていくが、君には誰も付いていかない。ある意味かわいそうだ」とまで言われた。

かといって、担当役員に腹は立たなかった。当然のことを言っているわけだし、むしろ自分の体たらくにむかついた。ただ、「潮時」というのは強く感じた。

慰留してくれる仲間たちもいたが、俺の決意が揺らぐことはなかった。

許せなかったのは、俺が確立した部署の、基本業務すらやろうとしなかった社長のイエスマンが昇進し、部長として納まったことだ。彼はかつて、若い嘱託員が大勢いるときに、嘱託員を運転手として使い、用地交渉は嘱託員だけにさせ、自分は車内で待機するという「ドライブ」だけを楽しんでいた。もちろん、地主さんに名刺も渡していないし会ってもいないから、問い合わせや苦情が来ることもない。

そんな輩が「部長でございい」とのさばることのできる会社だ。優良企業なだけに腐った人間も出るのは世の常なのか。

俺は退職願を提出した翌日から有給休暇を使って、身辺の整理を始めた。後を濁したくなかったからだ。

正式に社を辞めた後は、「遺言」や「エンディングノート」らしきものをまとめた。それらをすべて済ませたとき、気分が落ち着くかと思いきや、何とも言えない脱力感と喪失感に見舞われた。

良い医師に恵まれ、薬も馴染んでいる。今や症状はうまくコントロールされている。もう眠気もないし、発作も起きていない。裁判にも勝ち、家族も無事。平穏な日々を迎えている。体も健康そのものだ。

それにもかかわらず力が出ない、ましてやる気など一向に出ない。世の中が暗鬱に映り、空虚感しかない。パニック障害の予期不安のせいなのか、それとも「燃え尽き症候群」なのか。いずれにしろ気分は塞ぎ、何とも言えずやるせない。

確かにパニック障害の発作は苦しく辛い。遺書も残さず、突発的に命を絶つ人は「パニック障害」だったのではないかと思うことがある。そういう病気があることを知らず、誰にも理解されないことに絶望し、死を選んだのではないかと考えたりする。でも今の気分は異質のものだ。心が追いついていかない。

職場では社の発展と部下を守るために最前線に立ってきたのに、背後から撃つ者がいた。病を発症してからも同僚の中にさえ、出世のために俺を押し倒そうとする者がいた。そんなもの俺は喜んで譲るのに。

そうした中、二度の調停と裁判もあった。道子たちや母には今も悩まされている。ずっと喉に骨が刺さったままの状態だ。最後の部署にたどり着いたとき、俺の神経は疲弊していた。そして、俺が会社を辞めたことで快哉を叫んだ者もいただろう。しかし、もはやそんなことなどどうでもいい。

やがて少しだけ元気を取り戻し、普通に動けるようになったので、俺は真夜中にこっそりと家を出た。車を駆って北へとひた走る。農道に入る前にコンビニに寄り、酒とさきイカなど簡単な酒肴を買った。最近はこういう店でも割と良い純米の日本酒が置いてあり、ありがたい。

農道から山道に変わり、やがて車の入れない場所まで来た。車を乗り捨てる。ここからは徒歩だ。どんどん山の奥へと分け入っていく。だしぬけに、頂上に近いちょっと開けた場所に出た。たき木を集めて火を熾す。薪をくべながら、持参したお気に入りのぐい呑みに酒を注ぎ、イカを齧りつつゆるゆると酒を飲む。最後の晩餐だ、これくらいの贅沢は許されるだろう。

上着のポケットには溜めておいた睡眠薬がたっぷりと入っている。パチパチとはぜる炎を見つめているうちに、不意に、死ぬつもりで来たのに、不思議な感慨に包まれた。自然の中に身を置いているからか、様々な考えが浮かび、頭の中で自問自答が始まる。

俺には子供が三人いて、それぞれ成人し俺などよりしっかりしている。生き物としての俺の役割は終わっている。だからといって俺が自ら命を絶てば、妻も子供たちも衝撃を受け、怒りと悲しみに打ちひしがれることだろう。そう考えると安易に死ねない。

しかし、最後の逃げ道である死ぬことすら許されないと思っただけで絶望は深まり、息が詰まり発作が起きそうになる。だから、余計なことは考えないことにした。正直、早く自裁して楽になりたい。病院に行けば良い薬はあるだろう。でも、もういい。

仕事をやっていない宿痾を抱えた人間は、何の価値もないように世間には映ることだろう。しかし、野良猫だって自由気ままに生きているだけで人々に愛される。そもそも俺は死なないために会社を辞めた。長年勤めた会社を辞めるというのはある意味「擬似自殺」だ。

それなのになぜ、少し元気をとり取り戻したとたん死のうとするのか。会社を辞めた当初こそ、精神も不安定で落ち着かなかったし、ストレスからか帯状疱疹も出た。だがパニック障害の辛さに比べれば帯状疱疹の痛みなどは何でもなかった。そして妙な後ろめたさにも苛まれた。

こうした感情は何なのだろう。別に気負うことなく、意味を見いだすこともしないでもよいのではないか。猫のようにただしなやかに、気持ちよく生きていったっていいではないか。来世に生まれ変われるならば猫でもいい。

それよりも天敵の少ない、人間に食べられない種類のナマコがいいかもしれない。心臓も脳もないからパニック障害に悩まされることはないし、無限にある砂から栄養を摂れるから、将来への不安も憂いもない。そもそもそんな感受性さえない。最高ではないか……。無意味で不毛な妄想だ。独り苦笑いをする。

時折吹く風の音と、木々のざわめきが耳に優しい。山中とはいえ、遠くからかすかに街の喧噪が聞こえてくる。孤独感を一層引き立てるが嫌いではない。むしろ心地いい。

元々俺は、先祖が子孫に災いを齎したり、祟ることなどないと信じていた。違った。歴史を俯瞰してみても、権力を握るために身内での殺し合いはざらにある。

人間は獣よりも浅ましい。社内の生存競争も道子たちのやったこともそういうことだ。そして、これからも続く。この世は決して天国などではない。息苦しく生きづらい。

この苛酷で救いようのなさは、むしろ地獄と地平続きで、地獄よりはいくらかマシな地獄の端っこがこの世の中だ。そこまでぼんやりと考えているうち、不意に笑いが込み上げてきた。

俺は何を考え、何をやっているのだろう。人は勝手な思い込みやイメージで人を羨んだり妬んだりするが、憂いのない人間などこの世にはいない。誰でも屈託を抱えて生きている。

それでも美しく生きている人もいる。遠吠えしかできない浅ましい者たちや、まして道子たちといった地獄からやってきたとしか思えない邪悪な者に負けるわけにはいかないし、負けていいわけがない。

今宵はっきりしたのは、俺はいつでも死ねる。だから今でなくていい。今後どうしていくかは何も決まっていない。ただ、病気は受け入れて上手くつき合っていこう。最大、最強の敵はいつだって自分自身だ。みっともなくても、このくそったれの世界を俺はしぶとくあがいて生きてやる。

睡眠薬をポケットから摑みだし、しばらく見つめてからポケットに戻し、歩き出した。もとより方向音痴なので、当てもなくやみくもに歩いた。空はうっすらと白んできているから、朝といってよい時間だろう。

不意に落ち葉に足を取られ斜面から滑り落ちた。だしぬけに車道に出た。泥土を袖やズボンの尻に付けたまま、道なりに歩いていく。怒りなのか希望なのか、自分でもよく分からないが、何らかの気力が満ちてくるのが分かる。

やがて背中に光が当たり、前方の薄闇の道路と木々を照らしている。俺は振り返って、近づいてくる車に大きく片手を挙げた。

了

この物語はフィクションであり、登場人物、公・私的機関、企業、団体などは実在するものと一切関係がありません。

著者プロフィール

宇地原 琉児（うちはら りゅうじ）

1958年、沖縄県生まれ

悪女の系譜

2024年３月15日　初版第１刷発行

著　者　宇地原 琉児
発行者　瓜谷 綱延
発行所　株式会社文芸社
〒160-0022 東京都新宿区新宿1－10－1
電話 03-5369-3060（代表）
03-5369-2299（販売）

印刷所　株式会社エーヴィスシステムズ

ISBN978-4-286-24984-1